心に響く三国志

英雄の名言

二玄社

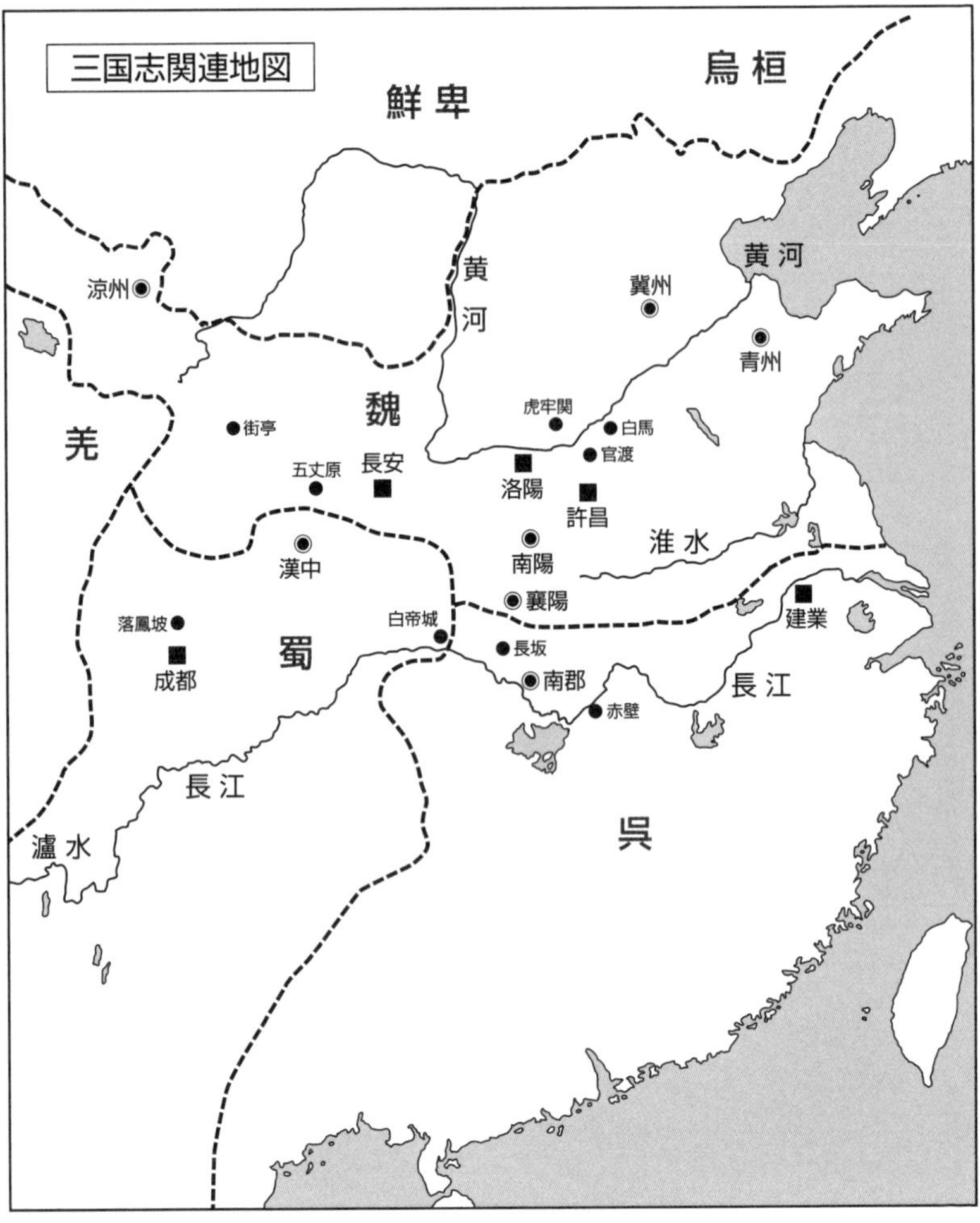

三国志関連地図
鮮卑
烏桓
黄河
黄河
涼州
冀州
青州
魏
羌
街亭
虎牢関
白馬
官渡
五丈原
長安
洛陽
許昌
淮水
漢中
南陽
襄陽
建業
落鳳坡
白帝城
蜀
長坂
成都
南郡
長江
赤壁
長江
瀘水
呉

序

英雄の人知れぬ涙

渡辺精一

いつの時代でもそうですが、三国志の世界を彩る英雄たちも、わたしたちと同じ人間でした。

みんな時代の中で、ひたむきに必死に生きていました。

ある者は自分の夢に人生を賭け、ある者は世の中のために自分を犠牲にし、懸命に生きていました。

「どう生きたらいいのか?」

そんな悩みなど、かけらもなかったように見える人もいます。

その一方で、友情との板ばさみに悩む英雄がいます。きのうまでの親友と戦争をして勝たないかぎり、自分の夢は実現しません。

しかし、そんな悩みを他人に見せてしまったり、察知されてしまっては、自分が不利になってしまいます。

表向きは、あくまでもクールに、強気に戦況を分析しなければなりません。

――そんな姿を、代表的英雄の一人、魏《ぎ》の曹操《そうそう》に見いだすことができます。

曹操はまた、一人の父親としての悩みも持っていました。自分の後継者を誰に定めればいいのか、最後まで苦慮しました。

蜀《しょく》の劉備《りゅうび》も同様です。自分の後を継ぐ劉禅のことが心配で、諸葛孔《しょかつこう》明《めい》にすべてを託すしかありませんでした。

呉《ご》の孫権《そんけん》も同様です。魏の曹操、蜀の劉備と並び、一方に覇《は》を唱えた存在ですが、父も兄も若くして世を去ったために、臣下一同をまとめるために人一倍心をくだかねばなりませんでした。

臣下の立場から言っても、あれこれ悩みは尽きません。

まず、自分の能力を生かすには、誰に仕えればいいのかが問題になります。

運よく最高の主人にめぐまれたとしても、次にはその信頼の大きさに見合うだけの働きができるかという責任問題が生じます。

同僚との競争、衝突、足の引っぱりあいなども起きてきます。――と考えてくると、これは今日、就職活動をしている学生の期待・不安・悩みとたいして変わりがないかのようです。

三国志の時代は、今から千八百年以上昔のことなのに。

それが、あたかも現代社会の縮図、あるいは人間博覧会のように、さまざまな個性が火花を散らします。

その個性ゆたかな人物たちは、そのうちの誰かが、いやその誰もが、私たちが直面する人生の課題を、ひと足先に味わった人々であるかもしれません。

彼らが発する言葉は、時には強く、時には弱気をのぞかせ、はなはだ人間味に満ちあふれています。

彼らの言葉は、他人とは思えないほどの痛切さをもって、私たちの心に響いてきます。

三国志の世界は、幅広く楽しまれていますが、読書の際に基本となるのが、『三国志演義』です。

これは、時の流れとして約百年を描く長篇歴史小説です。もともとは、歴史書の『三国志』があり、こちらは諸葛孔明とも人生が一部かなさる陳寿《ちんじゅ》（二三三―二九七）が著したものですが、歴代の絶えない脚色や増補を経て、『三国志演義』というかたちに結実したものです。

そういう由来ですから、『三国志演義』には、事件をおおげさに誇張したり、事実に手を加えていっそうおもしろくしてみたりという面が少なくありません。

しかし、その一方で、歴史書が一行で簡単にすませてしまっていることを深く読みこんで解釈を加えたようなところもあり、そのおかげで、

「小説的すぎる感じもあるけれど、案外、真相はこっちのほうかもし

れないな」

と思わされる場面もあって、興味は尽きません。

本書では、歴史の流れを追いながら、要所要所で発せられた彼ら英雄の言葉を御紹介します。

心の奥底からほとばしった彼らの本音を味わってみたいと思います。

彼らのせつない息づかいを読みとったとき、彼らという人間がよりいっそう身近な存在に感じられることでしょう。そして、共感をもって噛みしめることができるのではないかと思います。

心に響く三国志――英雄の名言　目次

第三章　時は流れゆく　124

第一章

乱世にうずまく野望

反乱とは、失敗に終わった革命のことであり、革命とは、成功した反乱である――こんな言いかたもできるでしょう。

西暦一八四年の黄巾《こうきん》の乱は、革命にはいたりませんでしたが、後漢《ごかん》という約二百年の帝国に終止符を打つだけのエネルギーを持つ爆発でした。

こうした大爆発が起きると、それまで抑えつけられていた野心・野望が露骨になり、秩序がうしなわれた社会で暴れだします。

もちろん、「こんな乱れた状態ではだめだ。自分は平和のために立ちあがるぞ」という者もいますが、爆発当初はそうした区別も見きわめている暇もないかのような混乱状態です。

そんな状態を、とりあえず黙らせるためには、武力（暴力）が必要とされる面があり、混沌とした主導権争いが演じられます。

一時的に朝廷を制圧したのは、凶暴な董卓《とうたく》でした。しかし、長続きせず、群雄入り乱れての争いが続きます。

その流れのなかで、しだいに有力な者が生き残り、勢力を拡大し、少しずつ形勢がはっきりしてきます。

この段階で、ほかをリードしたのが、曹操でした。曹操は献帝の身柄を手中に収め、優位を築きました。

でも、彼は自分がのしあがる過程において、親友の袁紹《えんしょう》と戦って勝たねばならず、さらに劉備や孫権といった、曹操自身が高く評価した相手との絶え間ない戦いを要求されていくのでした。

その闘争の向こう側に見えるものは、いったい何だったのでしょうか。

我《われ》、天子となりて、まさに此《こ》の車蓋《しゃがい》に乗《の》るべし

三国志の英雄劉備《りゅうび》は、西暦一六一年、涿郡《たくぐん》涿県の楼桑村《ろうそうそん》に生まれました。現在の河北省涿州市です。

養蚕がさかんで、大きな桑の木がありました。

中国では、古来、桑の木を大木にしたて、はしごを掛けて桑の葉を摘みとります。日本の桑畑のように、小さく数多くという方法ではありませんでした。

そんな楼桑村の桑の木のなかでも、ひときわ大きく、堂々とした大樹が、劉備の家の東南にありました。

高さは五丈《ごじょう》余りと言いますから、十五メートル以上の巨木で、樹齢はわかりません。

村を通りかかった占師が、

「この家から高貴な人物が出現するだろう」と言ったことがありました。

この巨木のかたちも少し変わっていて、貴人の乗る車の車蓋のような広がりを見せていました。大きな傘のような形であったのです。

幼少の頃、劉備は父を亡くし、貧しい暮らしをしていました。母親と二人、蓆《せき》（敷物）や布靴をつくって生計をたてていたのです。そんな幼年時代、劉備は近所の子どもたちと桑の巨木の下で遊び、

「ぼくは天子（皇帝）になって、こんな車蓋のある車に乗るんだ」

と言いました。

これは、劉備が幼時のころからギラギラとした野心を語っていたのではなく、あくまでも「幼児らしい夢」を語ったものです。

寒村の幼児が、その実現の可能性を度外視して、

「ぼくはサッカーの選手になって、ワールドカップに出て優勝するんだ」

と無邪気に話したりするのと似ています。

そこから読み取れるのは、

「今は貧しいけれど、見てろよ」

という野心ではなく、

「おまえたち、みんな家来にしてやるからな」

という、上に立つ野望でもなく、

「皇帝になったら、かあさんに楽をさせてあげられるから」

なのでしょう。

劉備はのちに、本当に蜀漢《しょくかん》の皇帝になりました。

それで、あとから、

「幼ないころ、言っていたとおりになったぞ。さすがに大物はちがう」

という伝説になっていったものでしょう。

劉備のやさしい心根に、天が報いてくれたのだろうと読んでおきたい言葉です。


我為天子、当乗此車蓋（『三国志演義』第一回）

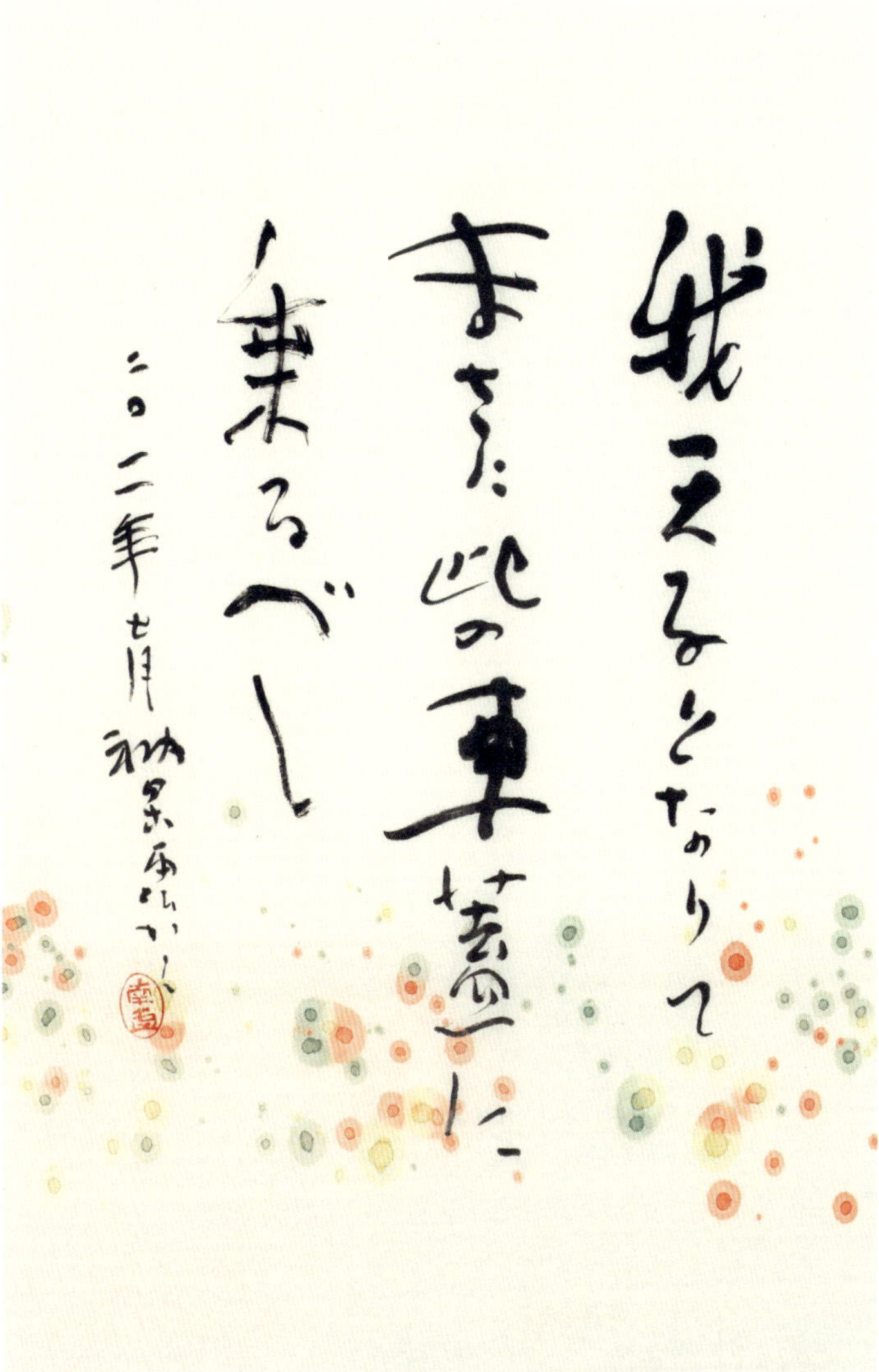

70×46cm

ただ同年同月同日に死せんことを願う

西暦一八四年、国家をゆるがす大乱が起きました。黄巾《こうきん》の乱です。乱の首謀者は、宗教指導者の張角《ちょうかく》でした。

そのころ朝廷の政治は腐敗し、私利私欲で事が運ばれていました。そこにあったのは、政策の論争ではなく、ひたすら派閥の抗争で、外戚《がいせき》と呼ばれる皇后の一族と、後宮に巣食う宦官《かんがん》とが、するどく対立していました。

官僚としてうまくやってゆくためには、そのどちらかに身を寄せていかないと、ほとんど芽さえ出ず、出世はおぼつきません。

なかには、どちらにも接近しようとせず、自分たちを清流と称していたグループもありましたが、その力は弱いものでした。

政治にたずさわる人々がそのようであったため、天下に疫病がひろまっても、知らん顔。これでは、民衆も怒ります。各地の民衆は、疫病に効くという護符を授ける張角の宗教に引き寄せられました。

張角は、この力を利用すれば、国家をくつがえせると考え、全国の信者を組織化して軍事訓練をかさね、いっせいに挙兵する準備をととのえましたが、さすがに朝廷もさるもの、スパイを送りこんであり、挙兵の直前に謀議が発覚、見切り発車のような緊急挙兵となりました。

それでも、民衆の間に長年くすぶっていたものが爆発したのですから、そのパワーは大きく、一時は中国全土を征圧せんばかりの勢いでした。

朝廷側では、官軍を発動し、さらに各地に「義勇軍募集」の高札《こうさつ》を立て、鎮圧に乗り出しました。

黄色い頭巾を付け、民衆の怒りを代弁する黄巾の一党と、朝廷の側に付いて国を守る立場で戦うか、若者たちは選択の岐路に立たされました。

さて、劉備は漢王朝の血筋を引く人間です。時に数え二十四歳。貧乏なので挙兵しようにも資金もなく、腕っぷしも自信がありません。義勇軍募集の高札を見て、ただ溜め息をくりかえすばかりです。

その時、劉備の背後から、

「いい若い者が、国家の大事にいさみ立つならまだしも、溜め息をつくとは何だ」

と荒々しい声がひびきます。

その男こそ地元の豪傑張飛《ちょうひ》でした。

二人は話をして、すっかり意気投合し、酒屋で挙兵の相談をします。

そこに現れた大男が関羽《かんう》。これから義勇軍に身を投じてゆこうとしていました。

不思議な縁で出逢うことになった三人は、義兄弟の契りをかわすことにしました。

張飛の住む屋敷の裏庭では、折りから桃の花が満開です。

そこで三人は年齢順に、劉備・関羽・張飛と兄弟順を定め、天地の神に誓いを立てました。

「同じ年の同じ月の同じ日に生まれなかったことはしかたないですが、われら三人は、同じ年の同じ月の同じ日に死にたいと願うものです」

つまり、「死ぬ時は三人一緒だ」と誓ったのです。

そしてこの誓いを、彼ら三人は終生忘れませんでした。

このあと、彼らはいくつもの試練を経験することになりますが、そのたびごとにこの誓いを思い出すのでした。


不求同年同月同日生。**但願同年同月同日死**（第一回）

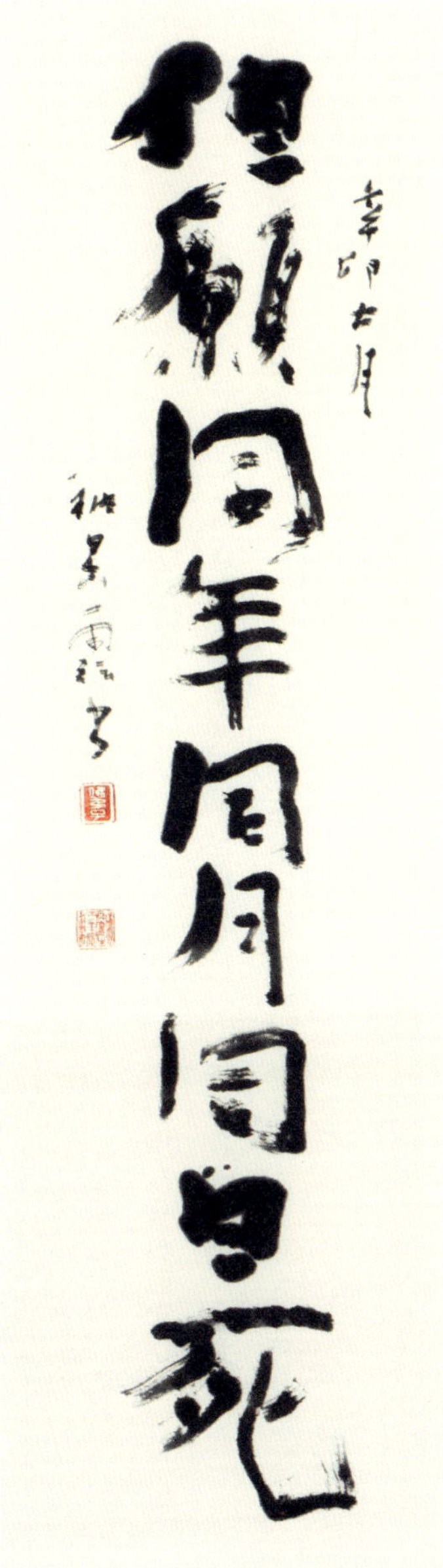

115×34cm

子《し》は治世の能臣、乱世の奸雄《かんゆう》なり

黄巾の軍は、首魁の張角が病死してしまい、象徴を失って瓦解してゆきました。その敗走する軍の前に立ちはだかったのが、曹操《そうそう》でした。

彼はこのとき三十歳。すでに才智あふれる傑物として知れわたっていました。

当時、人物鑑定家として有名だった許劭《きょしょう》から、「君は治まった世の中なら有能な臣下、乱世なら悪どいまでの英雄だ」と評されて上機嫌、満を持しての「予告された登場」です。

すでに朝廷に仕えて官職を有していた彼は、父親の資金援助を受け、さっそうと舞台に登場しました。

でも彼の父の曹崇《そうすう》は、勢のある宦官曹騰《そうとう》の養子になって出世した人物であったために、曹操の心に翳りを落してもいました。

才能と懐ろの深さの反面、どこかで人を排除する彼の性格は、いい方向にも悪い方向にも、振れはばが大きいのでした。

子治世之能臣、乱世之奸雄也（第一回）

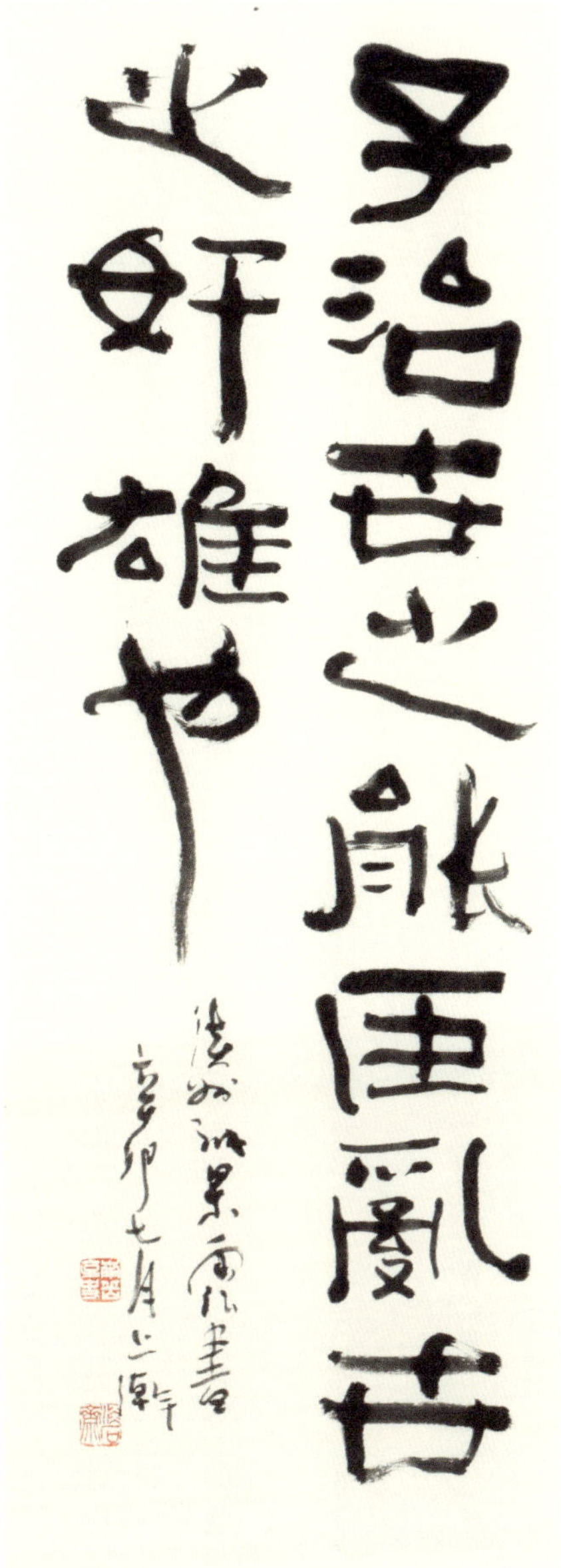

90×33cm

良禽は木を択《えら》びて棲《す》み、賢臣は主を択びて事《つか》う

黄巾の乱が平定されたあと、世の中は平和になるかと思ったら、そうはいきませんでした。乱が起きる前からあった外戚と宦官の勢力争いが激化し、まず外戚の筆頭であった大将軍の何進《かしん》が宦官によって謀殺されました。

つぎにその反動で、袁紹《えんしょう》や曹操ら何進の下にいた集団が宦官に襲いかかり、宦官たちを皆殺しにしました。

こうして外戚も宦官も消滅したのだから、これで朝廷はまともになったのかというと、そうではありませんでした。

西涼《せいりょう》の地で強大な力をたくわえていた董卓《とうたく》が二十万の大軍を従えて中央政界に乗りこみ、その力によって朝廷を牛耳ってしまいました。

誰も董卓に歯むかえず、董卓は皇帝をすげかえようとします。自分の意のままに動く皇帝にしてしまおうというのです。

そのとき、荊州《けいしゅう》の刺史《しし》（長官）の丁原《ていげん》が強く反対し、董卓との間で軍事衝突が起こります。

兵力にまさる董卓ですが、丁原の軍にいる呂布《りょふ》の活躍で痛い目にあいます。

「あいつは何者だ」

「丁原の義理の息子の呂布という者でございます」

董卓は、なんとかして呂布を自分の味方にすることはできないものかと、呂布と同郷の李粛《りしゅく》を差しむけ、説得させようと謀りました。

李粛は、全身の毛が赤い、名馬の中の名馬「赤兎《せきと》」を携え、金銀財宝とともに呂布に語りかけます。

忠義な人間であったなら、義理の父親を裏切って董卓の側に寝返るなどということはしないでしょうが、呂布は野心家でした。

丁原のもとにいても、将来は知れている。董卓に付けば、待遇もちがうだろうし、さらに自分の能力を発揮できる――呂布は都合のいい方向にばかり思考が偏ってしまうタイプでした。

そこに李粛がつけこみます。

「鳳凰《ほうおう》は梧桐《ごどう》の木にしか棲みません。つまり、良質の鳥は自分で自分の居場所を選択するのです。頭のいい臣下も、自分が仕えるべき主人を選んでしかるべきでしょう」

――こう水を向けられると、呂布はこれに応じ、なんと丁原を殺してその首をみやげとして、董卓のもとに馳せ参じたのでした。

呂布はこのあとも、ちょっとした状況の変化で裏切りをくりかえします。

でも、彼自身はそのことを、無節操とか自分の利益に目がくらみ他人を平気で裏切るなどとは考えていないらしいのです。

その場その場で、最も自分を生かすのはこの道だ、と信じきっているような雰囲気です。

呂布は、自分を裏切ることはできないのです。なぜなら、自分の戦闘能力の高さに対する信頼の高さも超一流であったからです。

「自分が役に立たないことなど有りえない」——彼はそう信じきっていました。

こうして呂布を得た董卓は、ますますやりたい放題にふるまいます。

曹操は董卓の暗殺をもくろみますが失敗、のがれて群雄に呼びかけ、袁紹を盟主に反董卓連合軍を組織します。しかし、これもメンバーにそれぞれの思わくが食いちがって分裂してしまいます。

人間が、おのれを最大限に生かすにはどうしたらいいのか。このことを考える場合に、呂布の姿を見るたび嘆息が漏れそうです。

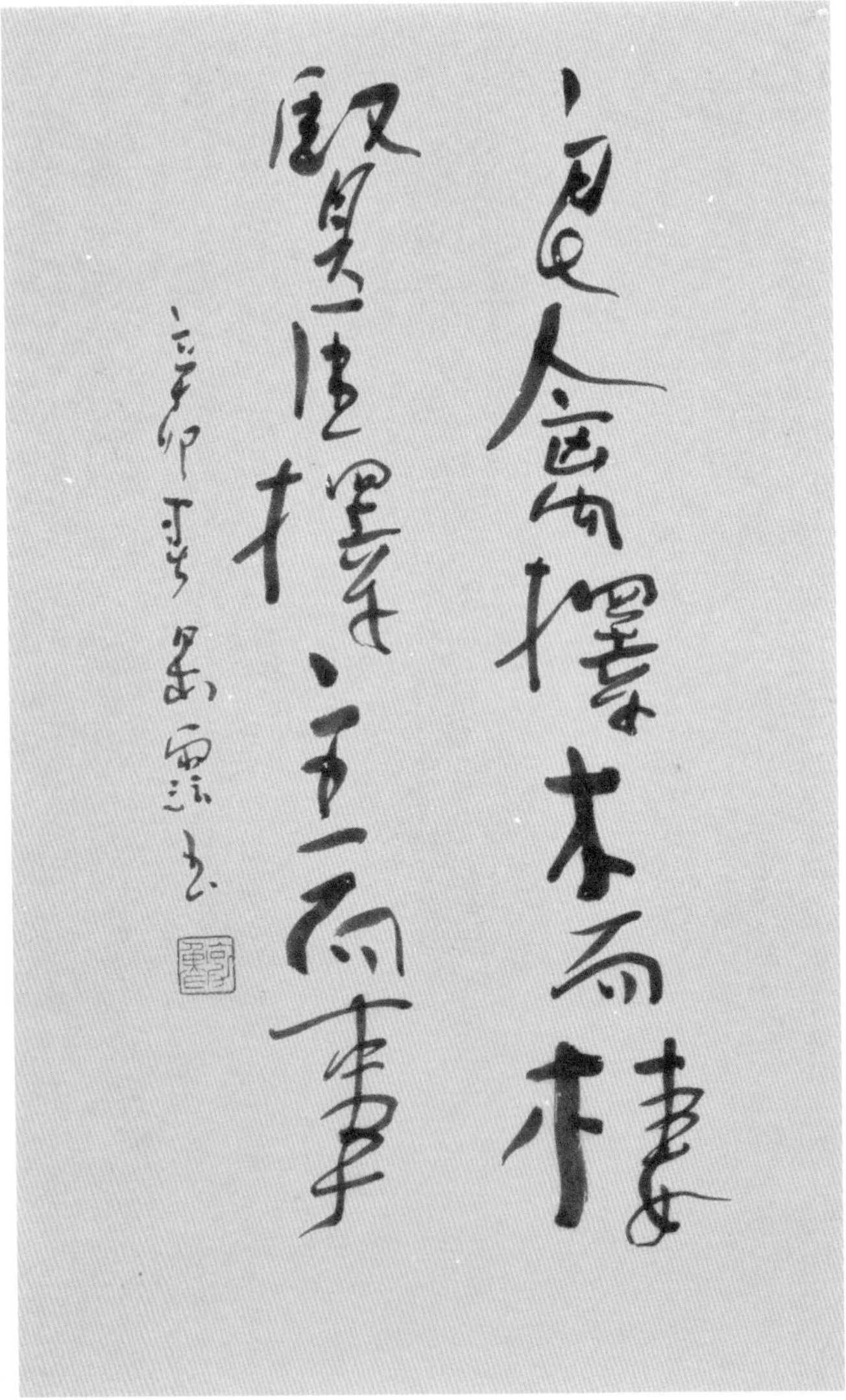

35×22cm

人中の呂布、馬中の赤兎

呂布の心の内面はいざ知らず、さっそうと戦場を駆ける呂布の姿は、人々の賞賛を呼ぶものでした。

人間なら呂布、馬なら赤兎だ。

ずば抜けた存在であることをあらわすこの言いかたは、「男の中の男」という表現にも通じます。しかも、呂布は名馬の中の名馬である、その赤兎にまたがっているのですから。

そして呂布の戦闘能力は当代随一。虎牢関《ころうかん》での戦いにおいて、関羽《かんう》・張飛《ちょうひ》・劉備の三人がかりでも倒すことができず、敵味方ともども、その武勇に見とれてしまうほどでした。

くりかえしになりますが、呂布の心の内ではなく、かっこいい姿ばかりを賞賛するのが人々の反応でした。とにかく呂布は最高の武将。董卓を倒すには、呂布の裏切りが必要でした。

美女貂蝉《ちょうせん》を使った計略で、呂布はこのあと、丁原《ていげん》につづいて、二人目の義理の父董卓を手にかけることになります。呂布こそは乱世に咲いた最高に美しいアダ花でした。

人中呂布、馬中赤兎（第五回）

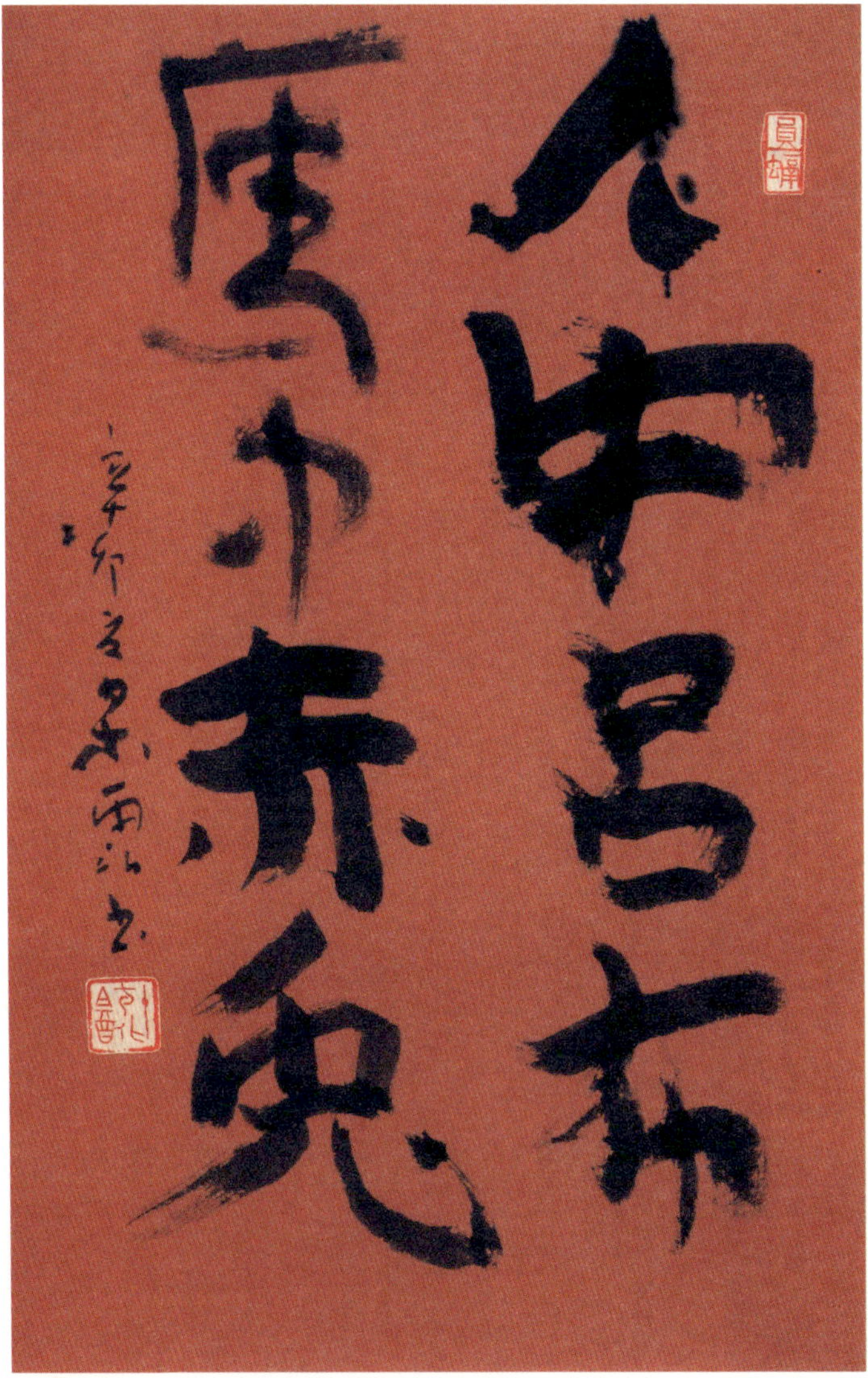

46×30cm

天下に洪《こう》なかるべきも、公なかるべからず

曹操が反董卓連合を組織し、その一員として戦っていた初平《しょへい》元年(一九〇)、史上名高い名セリフが発せられました。思わくが交錯して一枚岩になれない連合軍、曹操はつい深追いをして敵の伏兵に出くわし、あわやの場面を迎えました。

その時、救援に駆けつけたのが曹洪《そうこう》、一族のなかでの弟分にあたります。敵を斬りたおし、曹操を救った曹洪は、自分の馬を曹操に差し出します。曹操が、

「そんなことをしたら、お前が……」

と言うと、曹洪は、

「天下にこの曹洪などいなくてもかまいませんが、公《あなた》はいなくてはいけないのです」

と応じました。

とっさの場面で、洪と公、韻《いん》をふんでいる見事なセリフです。この曹洪の気迫あふれる言葉に天も感じたのか、二人はこのあと無事に逃げおおせることができました。

天下可無洪、不可無公(第六回)

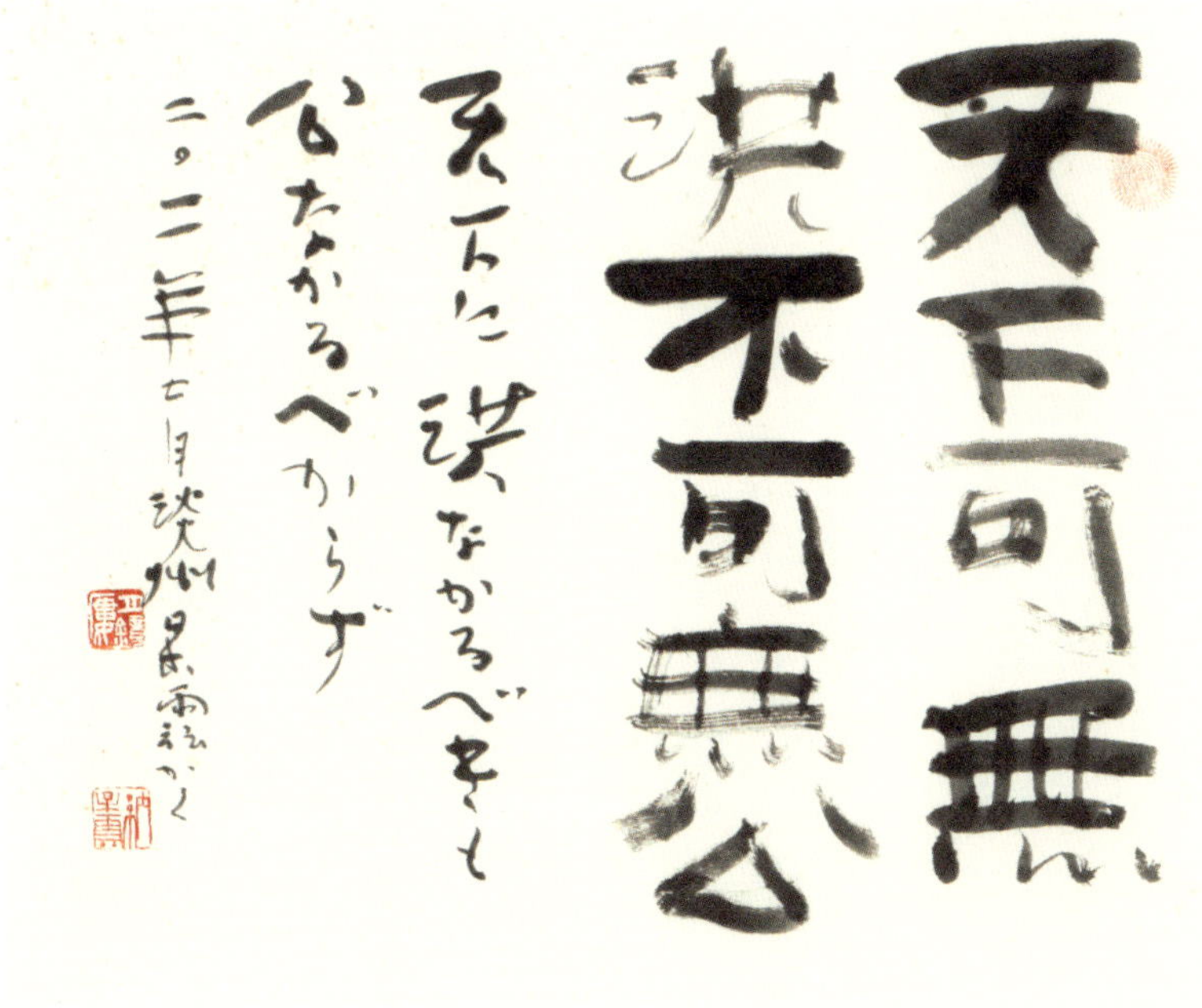
天下可無洪
不可無公
天下に洪なかるべきも
公なかるべからず

49×62cm

兄弟は手足のごとし。妻子は衣服のごとし

初平三年（一九二）、董卓が呂布に殺されると、天下は再び混戦の様相となりました。一時的に董卓の残党である李傕《りかく》・郭汜《かくし》によって征圧されるかに見えたのですが、両者は仲間割れして内戦を起こしてしまいます。

この機に乗じ、献帝は都の長安を脱出し、洛陽へと逃げ出しました。もし献帝の身柄を「保護」できれば、それは「皇帝を手中に収める」ことを意味しますから、各群雄はそれをねらって動きます。

河北の袁紹《えんしょう》、淮南《わいなん》の袁術《えんじゅつ》ら、有力な人々に先んじていちはやく献帝を保護したのは、曹操でした。曹操は献帝を自分の本拠地許昌《きょしょう》に移し、それを「遷都」と称しました。

そのころ劉備はどうしていたのかと言えば、いくたびかの浮沈はありましたが、着々と力をつけ、かなりの勢力を有するにいたっていました。

北海郡《ほっかいぐん》の太守《たいしゅ》（長官）孔融《こうゆう》を助け、さらに曹操に攻められた徐州《じょしゅう》の刺史《しし》（長官）陶謙《とうけん》の救援に向かいます。劉備を迎えた陶謙は、劉備に身分の証《あかし》である印綬《いんじゅ》を差し出し、

「自分に代って、君がこの徐州の長官となり、この州を治めてくれ」

と求めました。

かくて、陶謙が病死したあとも徐州に居つくことになったのですが、近くには、裏切りの常習者呂布がいました。たまたま、劉備と関羽が、袁術の攻撃に向うことになり、張飛が留守をあずかることになります。劉備も関羽も、張飛の酒癖が悪く、酒を飲んで何かまちがいを起こしてはいけないと強く戒めました。

そのときこそ、

「大丈夫。酒は一滴も飲まないから」

と応じてみせる張飛でしたが、いざその場におよぶと、飲みたくてたまらず、ついひと口、ふた口と飲みはじめます。

それでやめておけばよかったのでしょうが、部下にも酒を飲むよう勧めます。

部下の中には、酒を飲めない者もいました。陶謙の時代から徐州に務めていた曹豹《そうひょう》に酒を無理強いし、はては鞭で打ちすえるという暴挙を行う張飛。

実はこの曹豹は、呂布の第二夫人の父親でしたので、話は大事件に発展します。

曹豹は呂布を徐州に導き入れ、城は呂布の手に落ちてしまいました。

もどってきてこのことを聴き、関羽が怒ります。

「あれほど言ったのに……」

張飛はすっかり恥じいり、剣を抜くと、自らその首をかき斬ろうとしました。

しかし、劉備はこれをとめます。

「兄弟というものは、ひとりの人間の手や足のようなものである。一度切りはなしてしまったら、もとにはもどらない。妻や子というものは、あとから得るものであり、失ってもまた新しく得たり、繕《つくろ》うこともできる。われら三人は、兄弟である。同じ年の同じ月の同じ日に死のうと誓ったではないか。ここで一人だけ死んでどうする。ともに今後の道を切りひらいていこうではないか」

張飛はただ、感泣するのみでした。

呂布は、背後で暗躍していた袁術の背信を知ったこともあって劉備の家族たちを送り届け、この結果、下邳《かひ》にいた呂布が徐州に、徐州にいた劉備が下邳にという、落語の『三軒長屋』のような落着となりました。

兄弟如手足。妻子如衣服（第十五回）

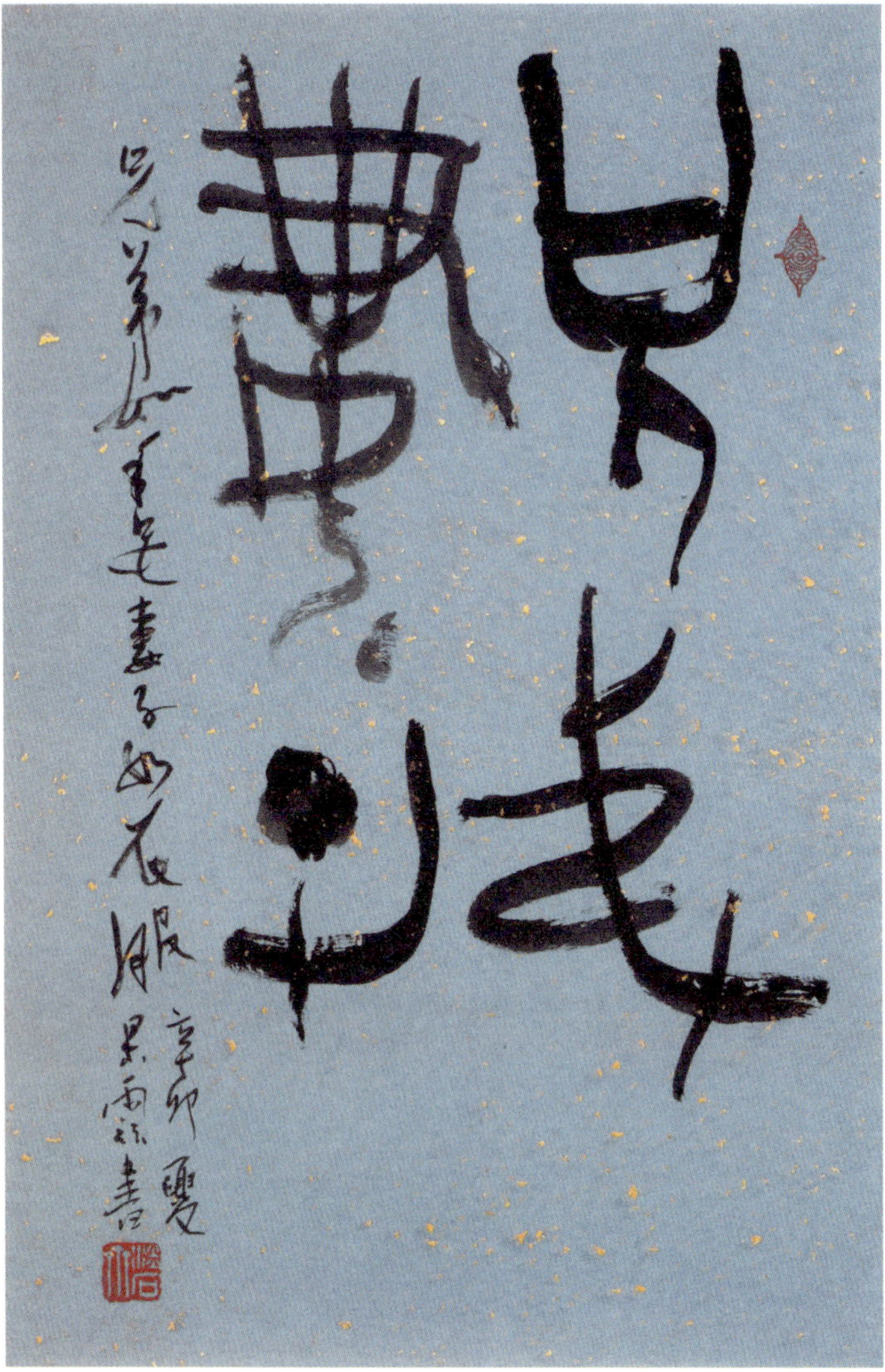

69×47cm

今、天下の英雄は、ただ使君と操のみ

曹操によって保護された献帝の心は、苦々しい思いに満ちていました。

そもそも董卓によって皇帝に立てられた「操り人形」にすぎない自分です。

董卓が呂布に殺されたことで、のびのびとできるかと思えば、なだれこんで来た董卓の残党李傕《りかく》・郭汜《かくし》に操られることになり、彼らの仲間割れによって、長安から命がけで脱出してみれば、曹操に「保護」されたわけです。何のことはありません。

操り人形の操り師が交代するだけで、なんら皇帝らしい威厳を与えられません。

こんな立場が快適であるはずはなく、献帝は心がおだやかでありません。

そこで、忠臣の董承《とうしょう》に、自分の血で書いた「曹操を殺せ」という秘密の詔《みことのり》を与えました。

董承は車騎将軍《しゃきしょうぐん》（武官）で、長安から脱出してゆく際に献帝を支えた人物でした。

董承はひそかに同志をつのりました。劉備もその仲間に加わります。

このとき、劉備は曹操のもとに身を寄せていました。張飛の酒無理強いの一件以来、失点を取りかえす気の張飛が、呂布の軍馬を強奪したことから呂布に攻められ、敗走したのです。

劉備が逃げこんで来たのを知った曹操に、参謀たちが、

「この際、劉備を殺してしまえ」

と勧めたのですが、曹操は、

「いや、今は英雄を受けいれ、私の度量が大きいことを天下に示すほうがいい」

と言って劉備を歓待しました。

もとから曹操は劉備たちを高く評価していました。反董卓の戦いのとき、関羽が猛威をふるう敵将軍華雄《かゆう》を見事に討ちとったとき、袁術はこれといった身分のない劉備たちをバカにしましたが、曹操はあとでそっと酒や食べ物を彼らのもとに届けさせたのでした。

つまり、ずっと以前から、劉備たちを評価していたのでした。これは曹操の参謀たちも同様で、だから、「劉備を殺せ」と勧めたのでした。

曹操暗殺の謀議に加担し、連判状に名をつらねた劉備は、屋敷で野菜づくりに熱心に取りくみ、そしらぬ顔をよそおい、チャンスをうかがっていました。

すると、ある日、曹操が劉備を酒宴に誘うではありませんか。呼ばれるままに劉備が出向くと、これはあくまでもプライベートな酒宴で、庭の青梅が見事に実ったので、劉備と酒を酌みかわしたくなったというのでした。

どうやら曹操は、劉備が暗殺の謀議に加わっているとはまったく気づいていないようでした。

酒がはいって饒舌になった曹操は、天下の英雄たちを評し、

「河北の袁紹《えんしょう》は決断に欠け、准南《わいなん》の袁術《えんじゅつ》は墓の中の骨、荊州《けいしゅう》の劉表《りゅうひょう》は、虚名無実。江東の孫策《そんさく》(孫権の兄)は、父孫堅《そんけん》の七光り。益州《えきしゅう》の劉璋《りゅうしょう》は番犬程度、そのほかの連中はさらに小物である」と言うと、ひと呼吸おいて自分と劉備とを指し、

「天下の英雄と言えるには、使君《あなた》とこの私曹操だけだ」

と言いました。

まさか心の中の謀計を見すかされたかと驚く劉備は、手にした箸《はし》を取り落してしまいますがちょうど雷鳴がひびいたのを利用してごまかしました。

このようにして、曹操は劉備を疑うことはなかったのですが、ちょうど他出していた関羽と張飛は血相を変えてその場に駆けつけて来ました。曹操は彼らにも快く酒をふるまうのでした。

今天下英雄、惟使君与操耳（第二十一回）

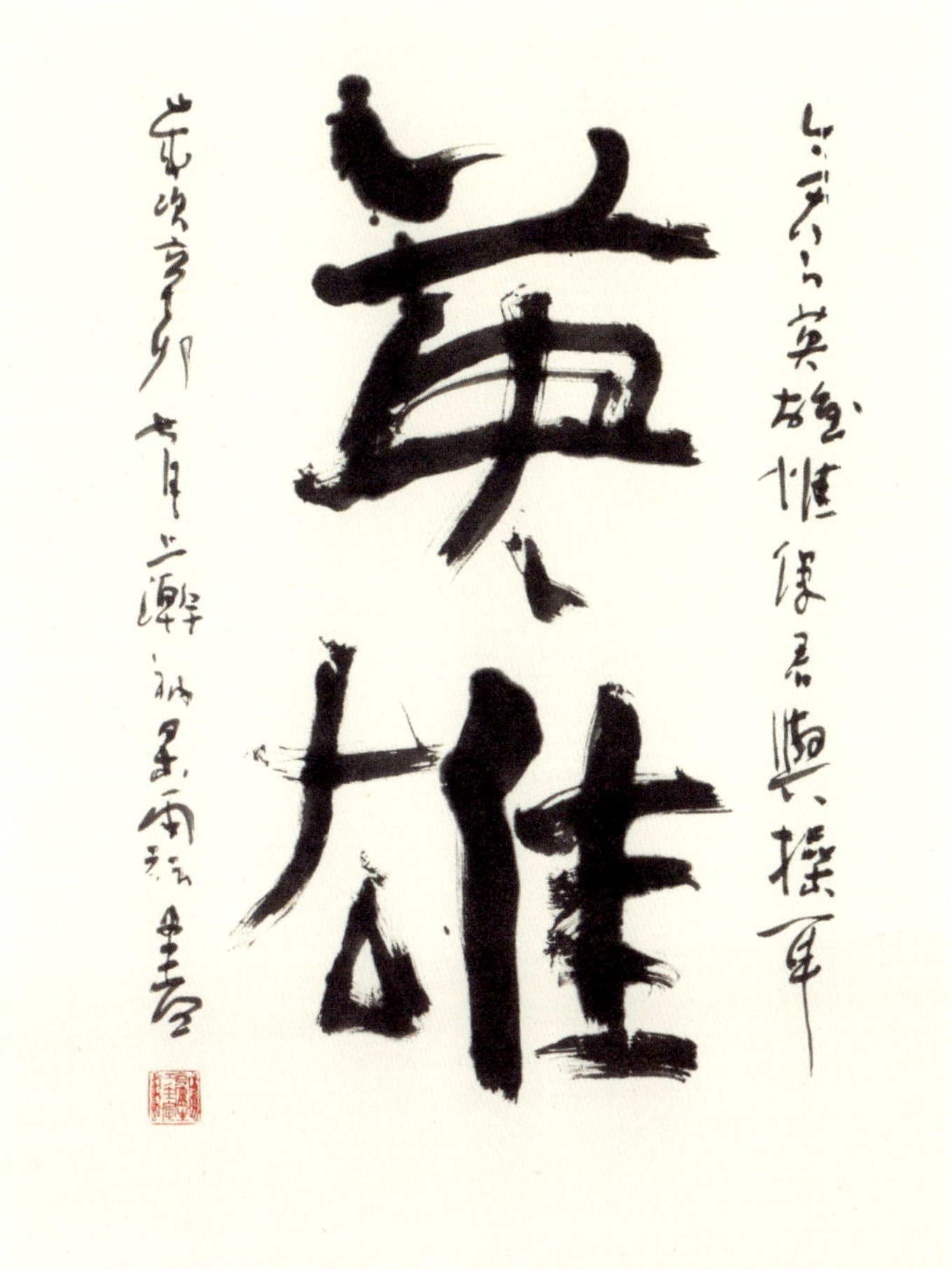

70×55cm

吾《われ》、今《いま》ただ漢帝に降《くだ》るのみ

やがて董承の謀議が露見し、その仲間一同は処刑されてしまいます。劉備は袁術征伐に出ていたために助かりましたが、結局曹操の猛攻を受けてひとり袁紹のもとへ敗走し、関羽・張飛も乱戦のなか、バラバラになり、連絡を失います。

劉備の夫人たちを守って孤立した関羽の武芸と人間性を高く評価する曹操は、説得して自分の配下となるよう働きかけますが、義にあつい関羽は、

「曹操に降るのではなく、漢の皇帝に降るなら承知する」

「劉備の家族には絶対に危害を加えず、俸給を与える」

「劉備の居場所がわかったら、どこであれ、そこに合流しに行くことを認める」

という三条件を提示しました。

この破格とも言える条件を、曹操はすべて承知しました。それほど曹操の評価は高かったのです。

吾今只降漢帝。不降曹操（第二十五回）

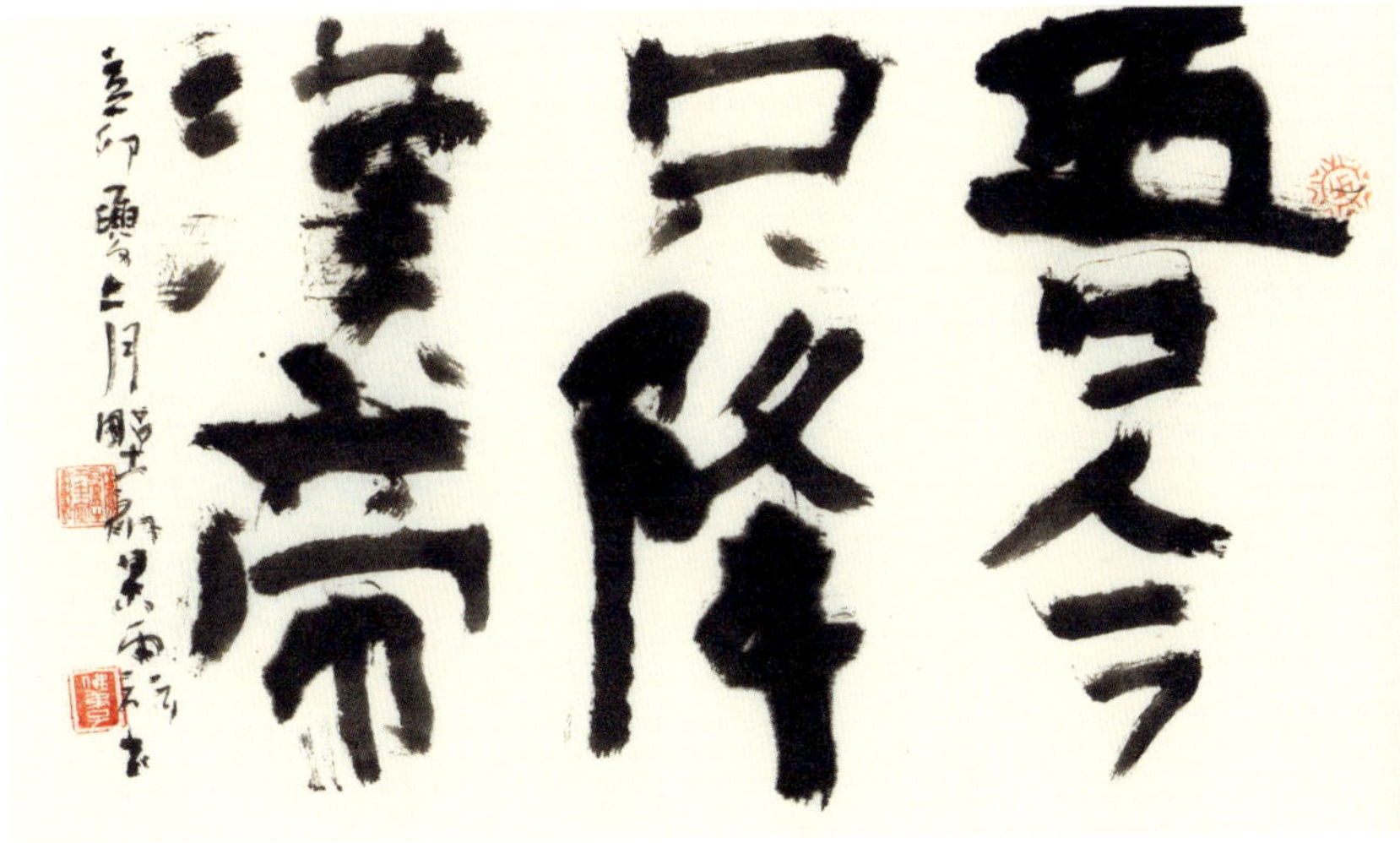

39×69cm

故主を忘れず、来去明白《らいきょめいはく》、真《まこと》に丈夫《じょうぶ》なり

劉備の夫人たちの部屋の前に立ち、寝ずの警備をおこなう関羽の姿に、曹操はさらに尊敬の念を強めました。

曹操が錦の戦袍《せんぽう》（陣羽織）を贈ると、関羽は古い戦袍の下にそれを着こんでみせます。いぶかる曹操に対し、関羽は、

「これは兄者（劉備）から頂戴したものなので、手ばなす（捨てる）わけにはいきませんので」

と答えました。

関羽にとっては、自分が仕える相手はあくまでも劉備なのでありました。

曹操は名馬「赤兎《せきと》」を関羽に贈りました。呂布が以前に騎《の》っていたもので、呂布が処刑されたあと、曹操の手元で飼われていたものです。

関羽は今度はおおいに喜びましたので、曹操も少し気分をよくしたのですが、関羽はこう言いました。

「この名馬なら一日で千里走れます。兄者の居場所がわかったら、すぐ駆けつけて行けますか

ら」

これには曹操も心中で苦笑いです。

そのころ劉備は河北の雄・袁紹《えんしょう》のもとにいました。この袁紹と曹操とは、もともと親友で、反董卓連合などで協力してきた仲でありましたが、各地の英雄たちが天下の主の座をかけて争いを演じてゆくなかで、いつかは対決しなければならない存在でもありました。

しだいに戦機が煮つまります。

袁紹のもとに劉備が、曹操のもとに関羽。ついに関羽は劉備が袁紹のところにいるとの情報をつかみます。

しかし、すでに曹操の軍と袁紹の軍は、白馬《はくば》という所で衝突します。袁紹の将軍顔良《がんりょう》は非常に強かったのですが、関羽はこれを一刀のもとに斬り倒し、つぎにあらわれた敵将文醜《ぶんしゅう》をも簡単に倒してしまいました。

この武芸には、曹操配下の張遼《ちょうりょう》や徐晃《じょこう》といった名将も賛嘆するのみでした。

劉備は　袁紹のもとを去り、移動します。そして、その情報を得た関羽は、曹操に別れの挨拶をし、約束どおり劉備と合流しようとします。

しかし、関羽を手放したくない曹操は関羽との面会を避け、許可を与えようとしません。

関羽は、

「顔良と文醜を討ち取ったことで、恩返しはできたはず」

と、許可なしで曹操のもとを離れてしまいます。

曹操配下の諸将は、関羽を追いかけて捕えようと主張する者もいましたが、曹操は、

「もとの主人を忘れることなく、来るときにも去るときにも明確に筋を通し、本当にりっぱな人間である。お前たちも皆あのような生きかたを見ならうべきであるぞ」

と言って関羽を許し、おくればせながら、関所の通行書を発行します。

そして張遼に、先行して関羽に追いつくよう命じ、みずからもきちんと挨拶すべく、あとを追ってゆくのでした。

曹操との挨拶もそこそこ、走って行く関羽。配下の将たちに、「行かせてやれ。追うな」と命じた曹操でしたが、さすがに溜め息をくりかえし、残念でたまらぬという風情でした。


不忘故主、来去明白、真丈夫也。汝等皆当效之（第二十七回）

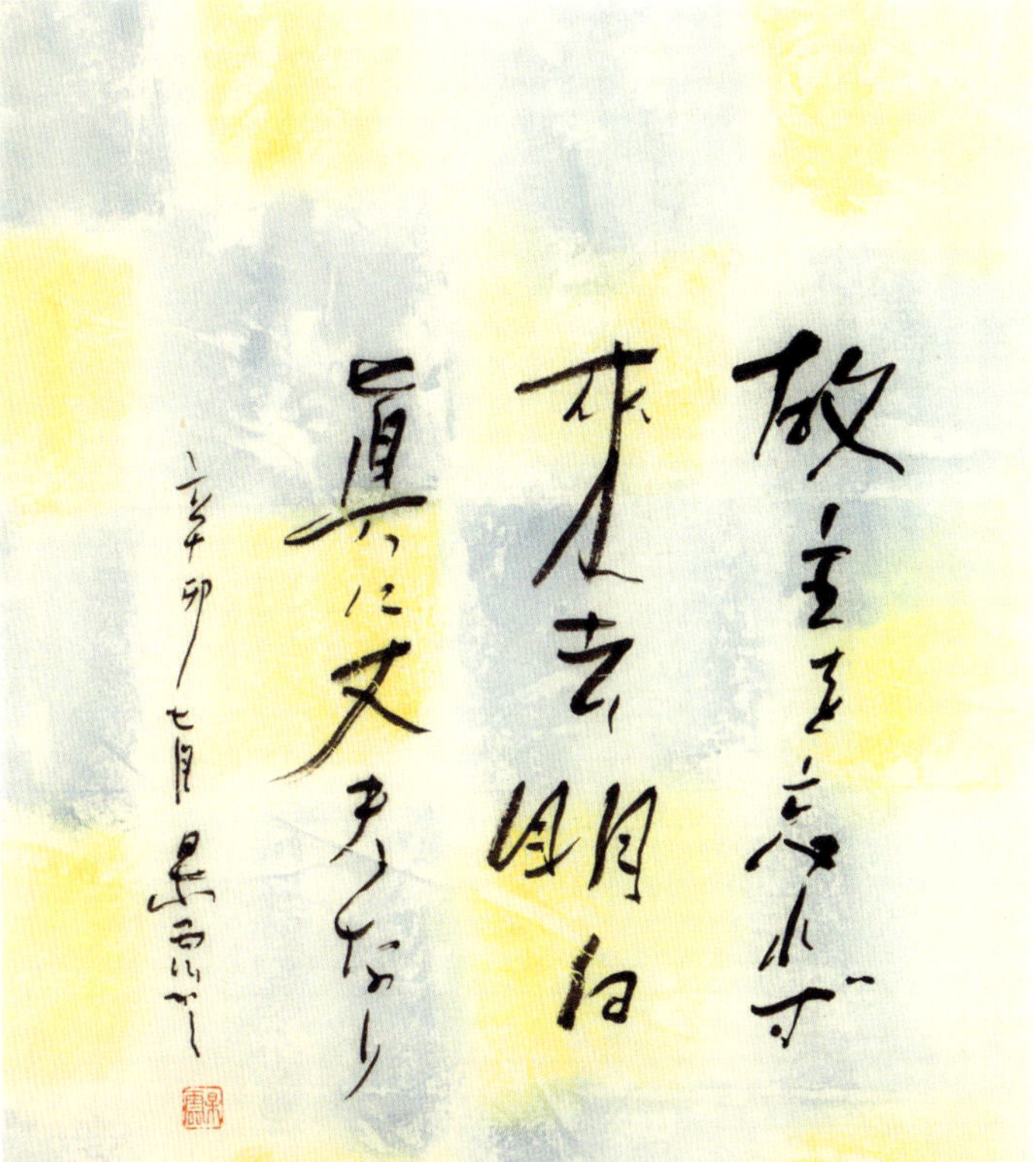

42×31cm

賢を挙げ能を任《にん》じ、各《おの》おのをして力を尽くして以て江東を保たしむるは、我卿《われけい》に如かず

北方で曹操と袁紹の対決の機が熟しつつあるころ、南方でひとつの大きな歴史的出来事がありました。

「江東の小覇王《しょうはおう》」と呼ばれた孫策《そんさく》が世を去ったのです。

孫策（一七五―二〇〇）は、孫堅《そんけん》（一五五―一九一）の長子で、のちに天下を三分する孫権（一八二―二五二）の兄です。

父の孫堅は、反董卓連合にも参加した南方の勇者でしたが、袁術《えんじゅつ》と合わず、独自の路線を歩みました。『孫子』の兵法でおなじみの孫武の子孫です。戦術にもすぐれていましたが、自分の能力を過信し、命を落としてしまいます。数え三十七歳という短い生涯でした。

そのあとを十七歳で引き継ぐことになった孫策ですが、さすがに力が足りません。そんな彼を庇護したのが、孫堅と合わなかった袁術という複雑な人間関係です。

袁術はしかし、孫策に目をかけたものの、孫策の軍事的センスと武芸を利用するだけで、重く用いたりするわけではありません。

孫策は周瑜《しゅうゆ》ら新しい人材を得つつ、機会を待ち袁術から独立します。

その後はめきめきと頭角をあらわし、さきほどの「江東の小覇王」と呼ばれるような不動の地位を得ました。

昔、天下を争った項羽と劉邦、その項羽が「江東の覇王」です。孫策は、それよりは小さいけれども、十分張り合うだけの存在だと評価されたのでした。

しかし、孫策もまた、父孫堅以上の若死にをしてしまいます。

のしあがるということは、いろいろな人を押しのける結果です。荒っぽく排除すれば、反動を受けます。

孫策もそうで、以前に殺した呉郡《ごぐん》の太守《たいしゅ》（長官）許貢《きょこう》のもとにいた食客たちに襲われ、重傷を負ってしまいます。

さらに、民衆の信仰を集める仙人の于吉《うきつ》を処刑してしまった祟《たた》りか、于吉の亡霊に取り憑かれ、急速に生命力を失っていきます。

おのれの死期をさとった孫策は、弟の孫権を呼んで遺言しました。

「この江東の地の民衆を動かし、対峙する陣と陣の間で戦略を決定し、天下じゅうに対して重さを争う点では、お前は私におよばない。能力のある人材を任じ、それぞれに力を発揮させて江東の地をしっかりと保有してゆく点では、私はお前におよばない。お前はお前らしく、しっかりやっていってくれ」

これが孫策の最後の言葉でした。

こうして孫権は、数え十九歳で後を継ぐことになりました。

彼を盛りたててくれる臣下は三世代います。父孫堅の時からの韓当《かんとう》・程普《ていふ》ら、兄孫策の代からの周瑜、そして彼孫権の代になってから加わってくる者たち――。孫権はこうした人材をすべて生かさねばならない立場です。

そのために彼自身をよく抑え、組織の調和を優先するような政治になります。

年代的なこともあるでしょうが、曹操や劉備と比べると、少し中途半端に見える面があり、個性がうかがい知れない感じになっているようですが、そこにこそ彼の真骨頂があるのです。

若挙江東之衆、決機両陣之間、与天下争衡、卿不如我。**挙賢任能、使各尽力以保江東、我不如卿**

（第二十九回）

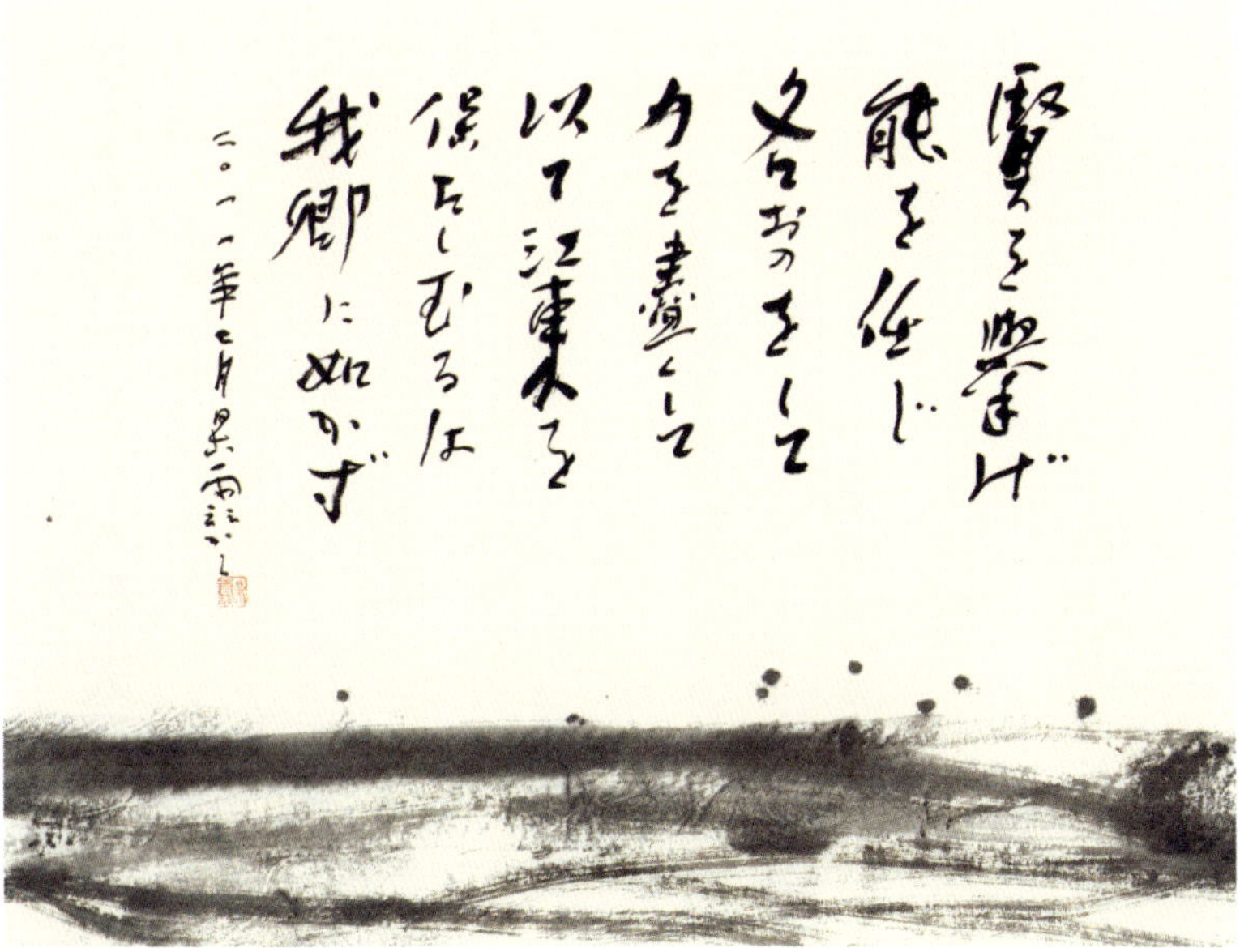
賢を挙げ
能を任じ
各おのをして
力を盡くして
以て江東を
保たしむるは
我卿に如かず
二〇一一年七月

39×53cm

人を得《う》る者は昌《さか》え、人を失う者は亡ぶ

兄孫策のあとを引き継ぐことになった孫権は、さっそく周瑜《しゅうゆ》に、

「父と兄の事業を受け継ぐことになった。いかなる戦略で事に当たればよいだろうか」と諮《はか》りました。周瑜は、

「昔から、人材を得る者は盛え、人材から見はなされた者は滅びると申します。まず大切なのは、人材を得ることです」

と答え、あらたに魯粛《ろしゅく》を推薦しました。魯粛は、以前、周瑜が食糧に困っていると、太っ腹にも倉をまるまるひとつ提供して見返りを求めなかったという、スケールの大きい人物でした。

この魯粛の登場によって、のちの赤壁《せきへき》の戦いが実現することになります。そして、魯粛は劉備や諸葛孔明と孫権をつなぐパイプとして、歴史上まことに重要な働きをするのです。

「人材で勝負」というと、三国志の中では劉備の戦略のように思われがちですが、こうして孫権も、そして曹操も人材を大切にしていたのです。

得人者昌、失人者亡（第二十九回）

得人者昌失人者亡

辛卯夏

景雲書

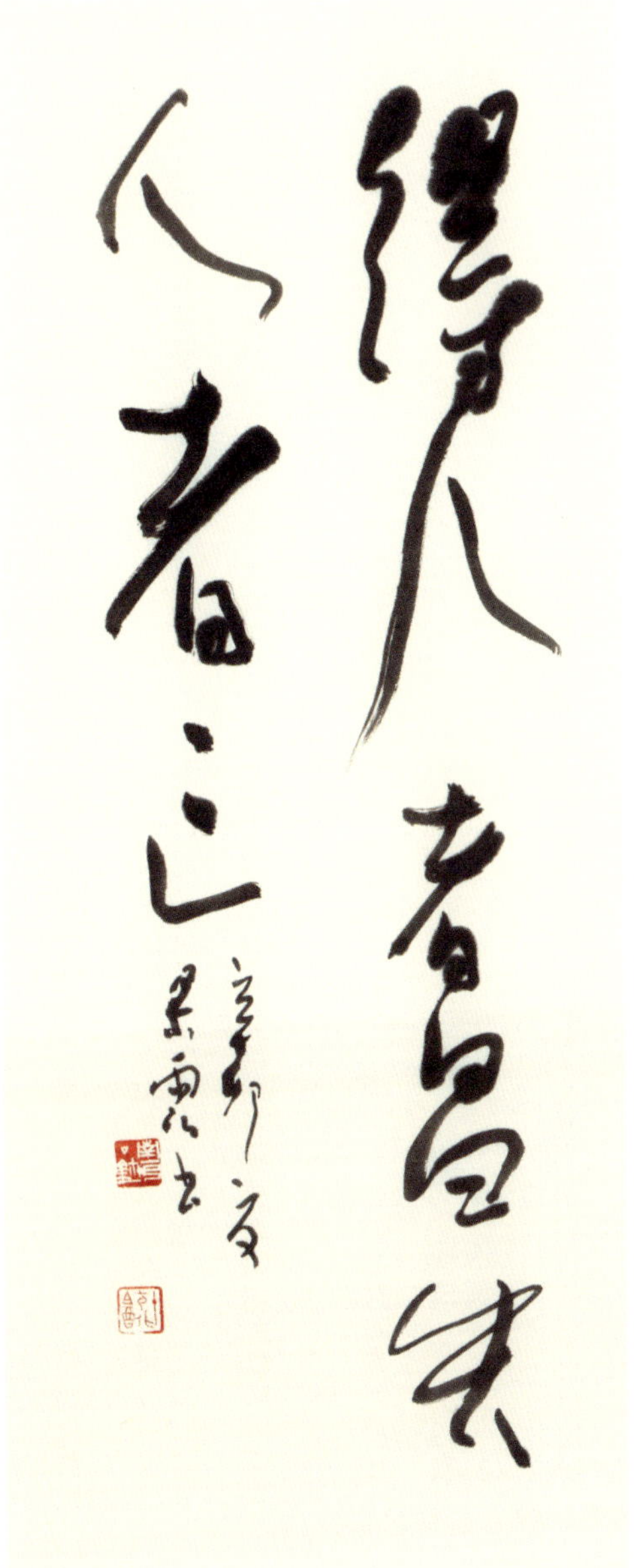

公は至弱を以て至強に当たる

建安五年（二〇〇）、ついに曹操と袁紹は全面対決のときを迎えます。世に言う「官渡《かんと》の戦い」です。

兵力の点でも食糧の点でも、袁紹のほうが圧倒的に有利でした。

劣勢を意識する曹操のもとへ、後方で支援にあたる名参謀荀彧《じゅんいく》から激励の手紙が届けられます。

「公《との》はひどく弱い兵力で非常に強い敵に向かっておいでですが、勇気をもってお進みください。正攻法ではなく、敵の意表をつく作戦を用いれば勝利できます。チャンスを失うことのなきよう、お願いいたします」

たしかに、強大な相手との戦いですから、まともにぶち当っても勝ち目はうすいわけです。

ということは、持久戦を挑むのではなく、急戦に持ちこみ、臨機応変の作戦で倒すしかありません。イチかバチかに見えるような作戦。そんな機会はどこに見いだせばいいのでしょうか。

公以至弱当至強（第三十回）

公以重頭當

自強

辛卯六月中澣

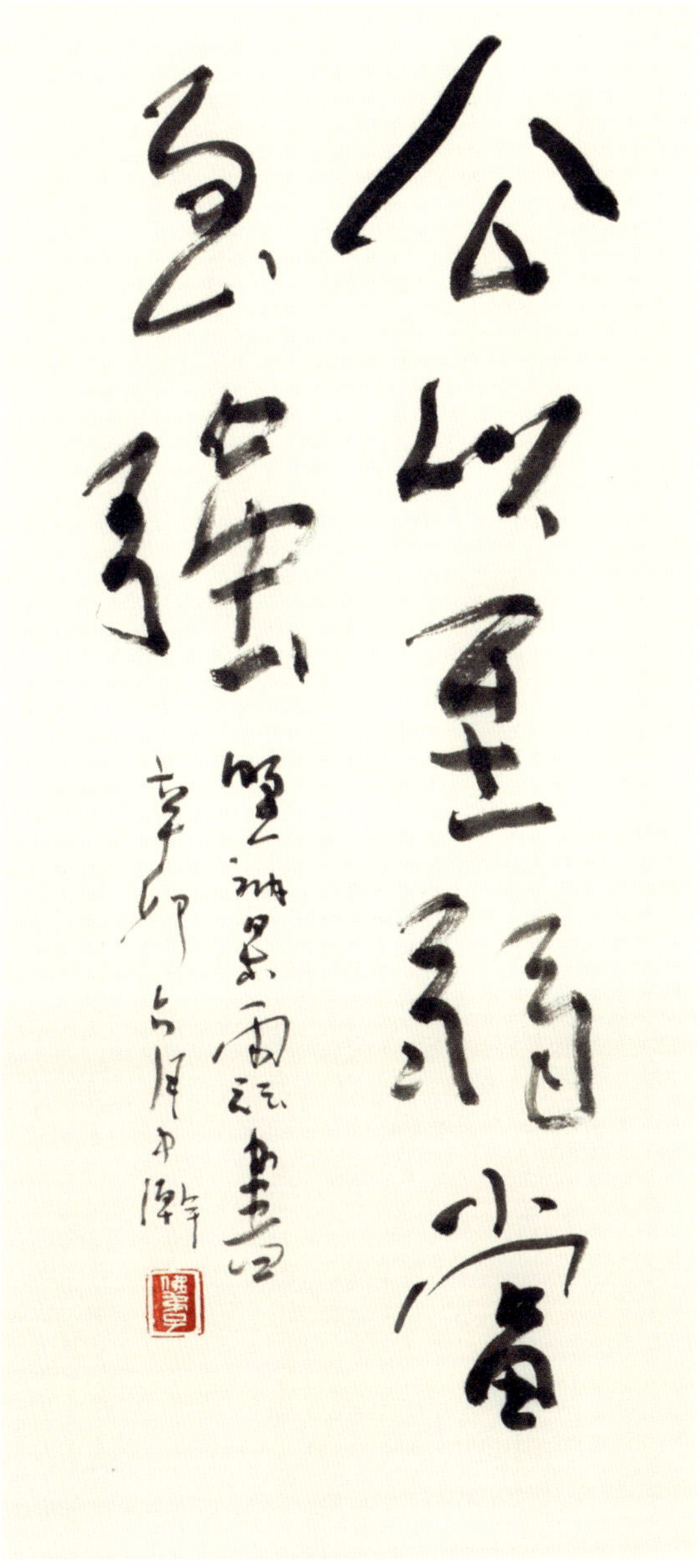

葥《や》、弦上《げんじょう》に在り。発せざるを得ざるのみ

その機会は、こんなふうに巡ってきました。兵員も食糧も多い袁紹は、参謀も多くかかえ、その参謀たちの不和から、許攸《きょゆう》が曹操に重大な情報を知らせてきました。

「袁紹軍の食糧集積基地は烏巣《うそう》にあります」

この情報に賭けた曹操は、烏巣を襲って食糧を焼きはらい、動揺した袁紹の軍は、完全に浮き足だって敗れ、官渡につづいて倉亭《そうてい》でも敗れ、ついに本拠地の鄴《ぎょう》をも陥とされました。

そして、名文章家の陳琳《ちんりん》が囚われます。陳琳は袁紹のために、「曹操を討て」と天下に呼びかける檄文《げきぶん》を書いた人物です。陳琳は曹操に、

「葥を弦につがえてしまった以上、射ないわけにはいかず、その勢いのままにあなたの先祖にまで悪口がおよんでしまいました」

と述べました。陳琳は、宦官出身の先祖を持つ曹操の痛いところをついたのです。

曹操は陳琳の才能を惜しみ、陳琳を許したのでありました。

葥在弦上。不得不発耳（第三十二回）

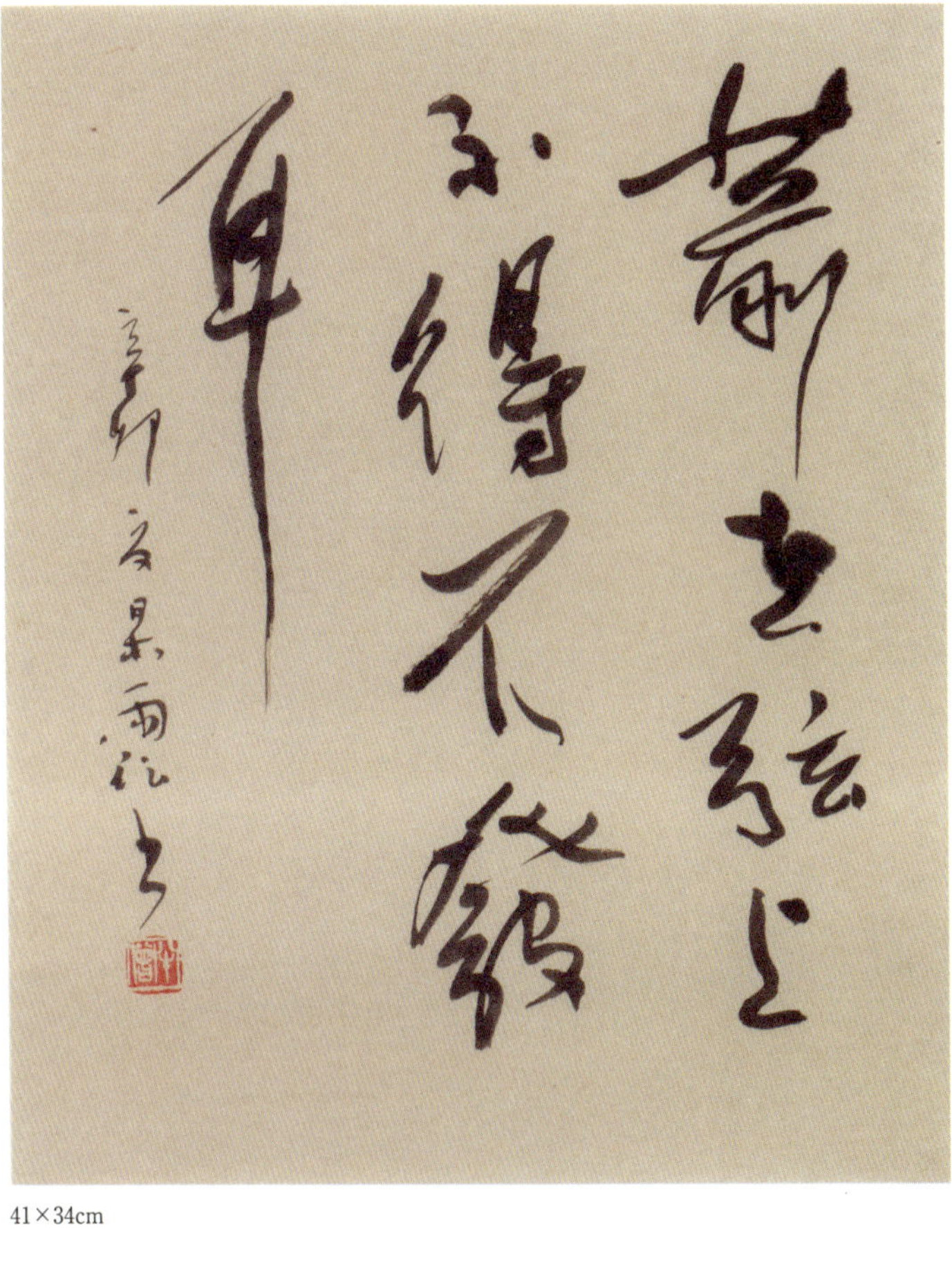

41×34cm

此の言、昨《きのう》のごとし。而《しか》れども今、本初《ほんしょ》はすでに喪《な》し

強盛を誇っていた袁紹ですが、食糧基地を焼きはらわれて連敗しただけではすみませんでした。そこに家庭の事情も加わってしまいました。

息子たちの争いです。長子の袁譚《えんたん》と末子の袁尚《えんしょう》が後継者争いをおこし、臣下たちも分裂してしまいます。末子の袁尚をかわいく思っていた袁紹ですが、曹操の軍と戦って袁尚が敗れたと聞くと、（袁尚が戦死したわけでもないのに）がっくりと病の床につき、そのまま死んでしまいました。

袁紹がいなくなってしまったら、次に誰が一家一門をまとめてゆくか、当然のように袁譚と袁尚が内戦を演じます。

そこに曹操の軍が迫ると、両者は急に手を組み、共通の敵である曹操と戦います。曹操はわざと軍を引きあげ、両者を争わせる作戦に出て、両者が疲れるのを待ち、ついに袁家の本拠地である鄴《ぎょう》を、冀州《きしゅう》を、陥としていったのでした。

冀州入りした曹操がまず行ったことは、亡き袁紹の墓に行くことで、あらためて拝礼をささ

げ、従う臣下一同に対し、語りかけました。

「ずっと以前、私は袁本初（袁紹を字《あざな》で呼んだもの）とともに反董卓の挙兵をした。そのとき彼はこう言ったのだった。

『もしうまく行かなかったら、どうする？』

と。私が、

『そう言う君こそ、どうするつもりだ？』

と言うと、彼はこう言ったのだった。

『私は河北の地から北へ、燕《えん》とか代《だい》の地域を根拠として、さらに北の砂漠地帯にまで力を拡げ、そこから南をにらんで南下のチャンスを待ちたいと思う』

そこで私はこう応じた。

『私は天下じゅうの知力がある人間を採用し、適材適所、筋の通った待遇をして彼らを使いたい。この方法で行けば、不可能なことはないのではないかと思う』

と。

こんなやりとりをしたのは、つい昨日のことのように思えるのに、彼はもうこの世の人ではない。私は涙があふれ出るのを、どうしようもない」

一同はみな、溜め息とともに曹操のこの言葉を聞いたのでした。

これは実感でしょう。私たちもこういう感覚を持っていますし、亡き人との会話を、ついこの前のことであるかのような気持ちで思い出します。

もともと、若いころから曹操と袁紹は友人同士でした。乱世が来なければ、曹操は「治世の能臣」として官界で活躍していたでしょうし、袁紹も四世三公《しせいさんこう》（四世代にわたって人臣の位をきわめた三公《大尉《たいい》・司空《しくう》・司徒《しと》》になる）と呼ばれる名門の御曹子として重きをなしたでありましょう。

もし袁紹のほうが勝利したとしても、二人の心情が変わらなかったことでしょう。

このあと曹操は、袁譚《えんたん》・袁尚らを蹴散らし、さらに北方の異民族烏桓《うがん》を平定します。

さきほどの回想の言葉にあった袁紹の構想を曹操が実現しました。

次の段階は、当然、「南をにらんで南下の機をうかがう」です。

まず荊州《けいしゅう》には、曹操暗殺謀議のメンバー劉備がいます。征伐の名目は十分です。

そしてさらに南には、呉の孫権がいます。

曹操の天下平定に向うコースには、立ちはだかる者がいないかのようでした。


此言如昨。而今本初已喪。吾不能不為流涕也（第三十三回）

此の言焔のごとし
அれぞと 人を初は
すでに喪し

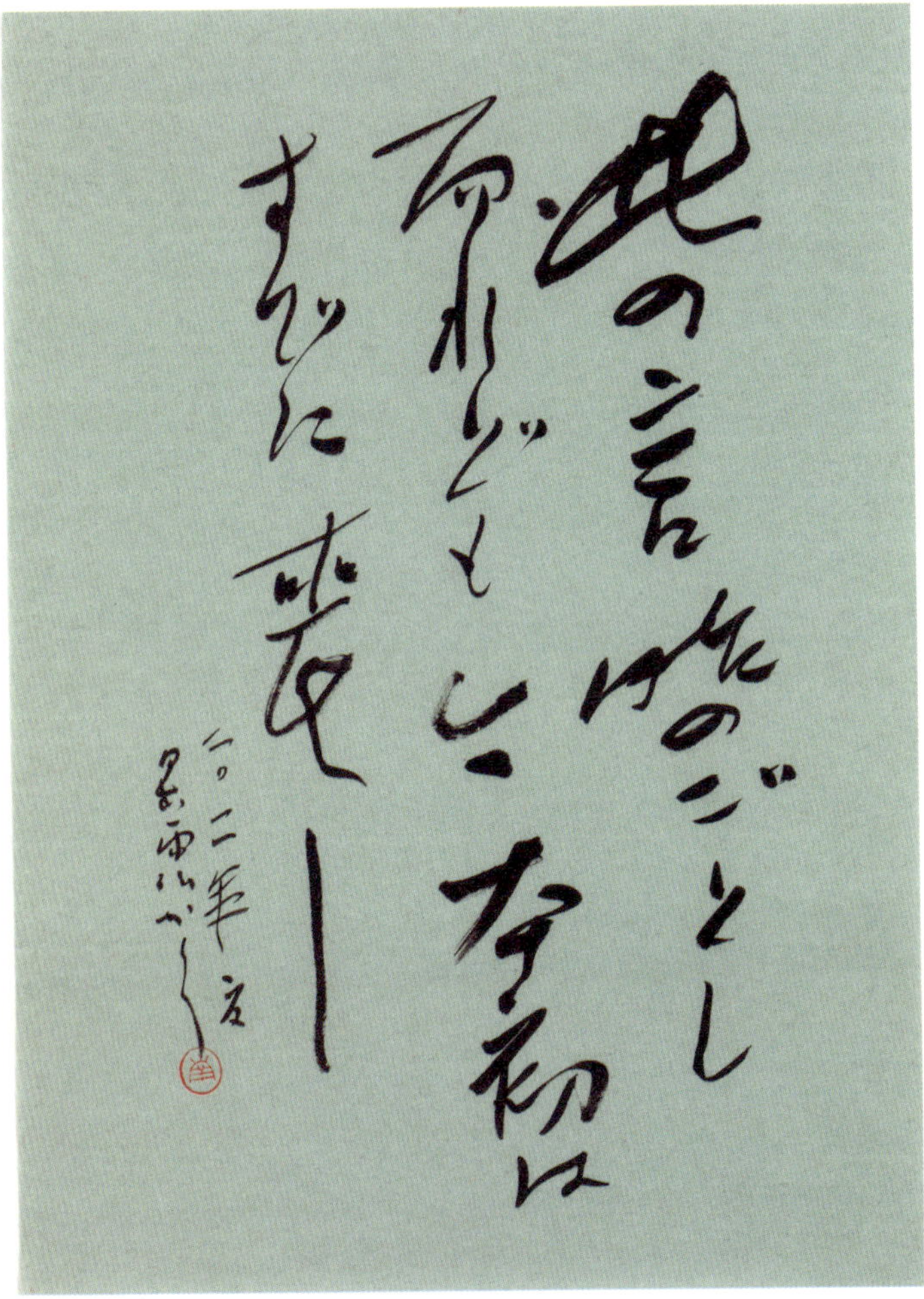

47×34cm

亡《ぼう》じて哭《こく》せざるは義にあらざるなり

袁紹の長子袁譚《えんたん》は、末弟袁尚《えんしょう》との連係が断絶してしまい、袁尚が逃げ去ったあと、曹操の猛攻にさらされました。

降伏を申し入れますが拒絶され、ついに無理な戦いを挑んで曹洪《そうこう》に討ち取られてしまいます。

袁譚の首級が届けられた時、青州《せいしゅう》の別駕《べつが》（補佐官）の王修《おうしゅう》が喪服に身を包み、拝礼してこれを迎え、声をあげて泣く哭礼までささげたので、その場で引っ立てられました。

「拝哭する者は死刑だ」

と触《ふ》れを出したのになぜだと訊問された王修は、

「ご存命のときに、わたくしをお召しかかえてくださったかたです。亡せられたのに哭礼をささげないのでは、義理が立ちません。死は覚悟しています」

袁紹配下で、袁紹への忠誠から死を選んだ者も多く、今度は袁譚にまで……曹操は深く感心して王修を許し、上等の礼で袁譚を葬らせました。

我生受辟命。亡而不哭、非義也（第三十三回）

亡而不弔，哭而非義也

滄州 假屋涌深書字
聖辭果兩祥 壬午六月

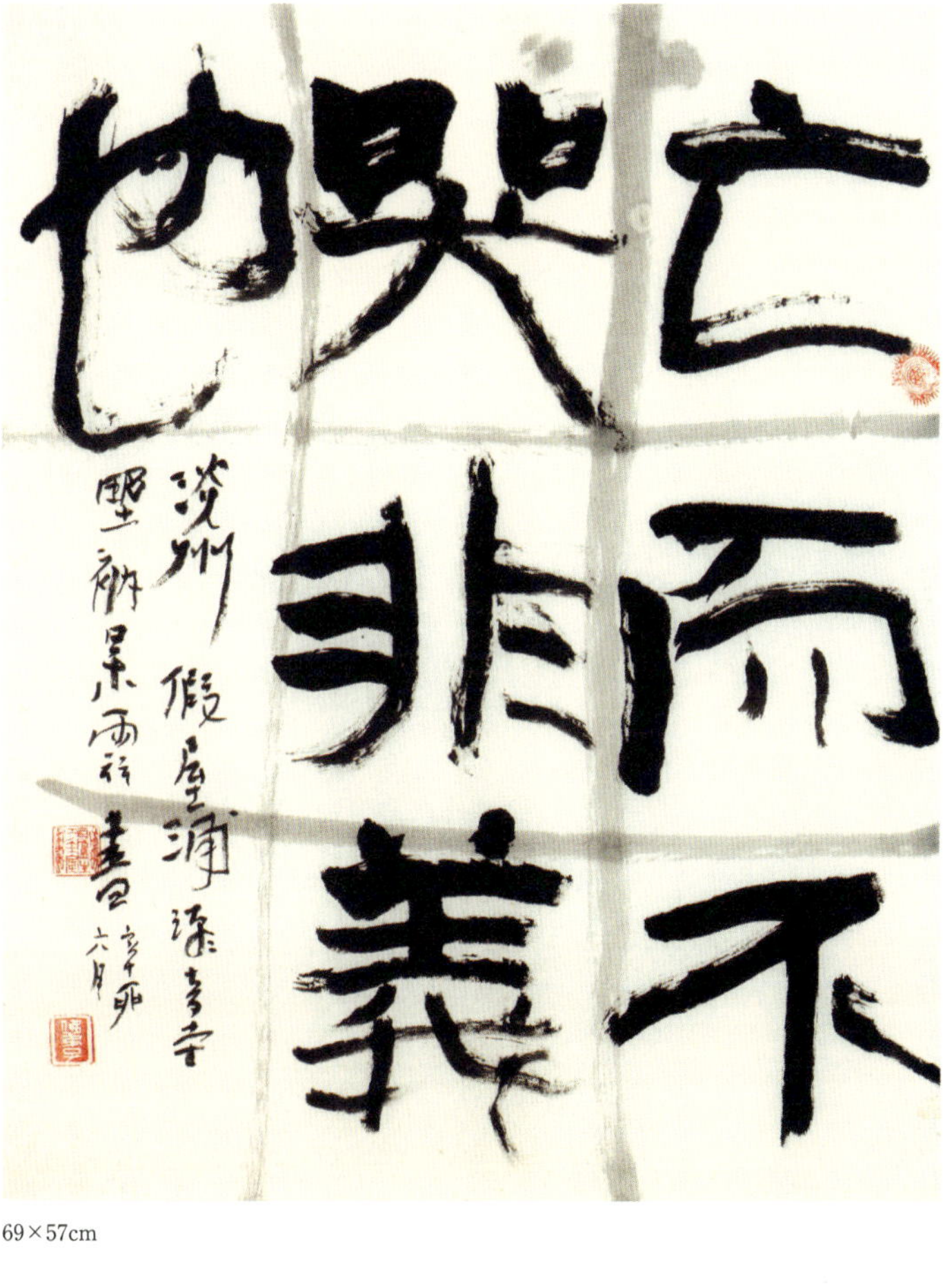

69×57cm

第二章

英雄たちの光と影

居ならぶ強敵を倒し、天下じゅうでたった一人の存在＝支配者＝皇帝になるということは、最終的に独りぼっちの孤独な自分を見いだすことにほかならないのかもしれません。

すべての権力を手に入れ、何でもやりたいようにできるようでいて、どこかひどく空しい人生。

やがて自分が衰えてゆく年齢になると、忠実なはずの臣下たちは、自分の「次の代」をねらいはじめます。

世代交替が避けられません。

自分の代で天下を取ってしまわなければ、息子の代にまで戦いがつづくことになります。

そんな英雄の心情を、本当の意味で最もよく理解しあえるのは、今、

面と向かって戦争をしている相手であるかもしれません。

三国志の英雄たちも、たとえば曹操と孫権のように、心の底から相手を認めあっていました。

でも、両者は戦わねばならず、相手に勝たねば天下を取ることはできません。

相手をたたえつつも、どこかで時の流れの無常をうらめしく思っていたかもしれません。

一歩も二歩もリードしていたはずの曹操ですが、赤壁の戦いで劉備・孫権の思わぬ抵抗にあい、頓挫して形勢は混沌とします。自分の人生のなかではその決着をつけることができず、息子の曹丕《そうひ》以降に持ちこしになります。

天下取りは見果てぬ夢となりそうです。

英雄たちの人生に、しだいに落日が迫ってきます。自分のあとの時代への期待と不安が交錯します。

彼らはいかなる言葉をのこしたのでしょうか。

今、久しく騎せざれば、髀裏《ひり》に肉を生ず

「髀肉の嘆」として知られる故事です。曹操が河北からさらに北方を平定しているころ、劉備は一時散り散りバラバラになっていた関羽・張飛と再会をはたし、荊州の刺使《しし》（長官）劉表に庇護され、新野《しんや》城にいました。

劉表は同姓の誼《よし》みで劉備を歓迎しますが、劉表の後妻蔡《さい》氏はおだやかではありません。と言うのは、彼女の弟蔡瑁《さいぼう》が荊州の軍を握り、早くも劉表亡きあとをにらんでいたからです。

劉備は劉表の酒宴に招かれ、厠に立ち、そこで改めて自分の太ももに贅肉がついていることに気づきます。

「以前は戦場を馬で駆けめぐっていたので、贅肉などなかったのに今は……」

こう嘆くのを聞きつけた蔡氏は、

「劉備には、この荊州を奪って自分のものにしようという志があるに違いない」

と考え、弟に知らせて劉備を殺してしまおうと考えるのでした。

今久不騎、髀裏生肉（第三十四回）

今文不鷹體裏生肉

柳絮雨軒書
辛卯七月

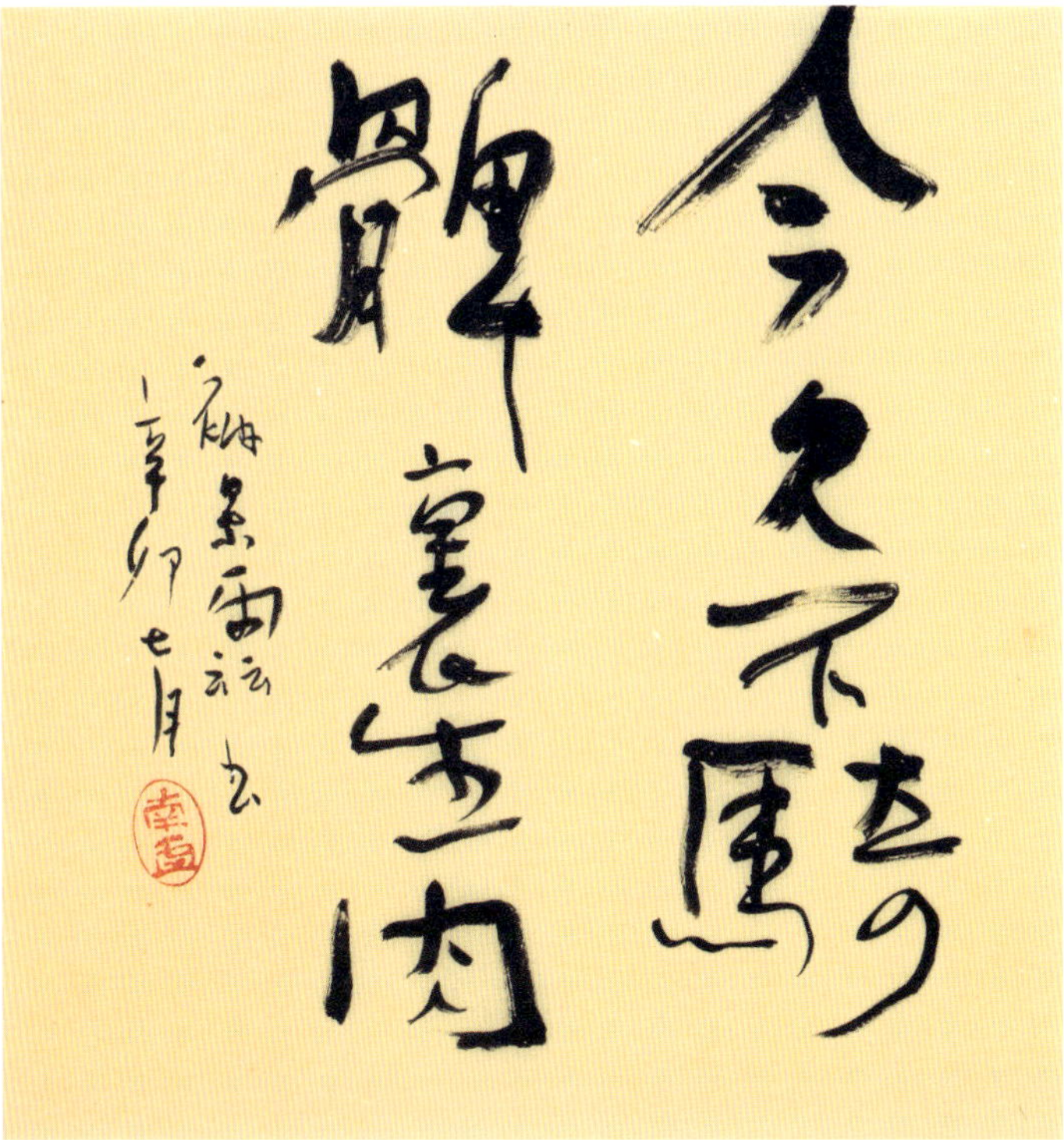

伏龍鳳雛、両人に一を得れば、天下を安んずべし

劉備殺害をもくろむ蔡瑁《さいぼう》は、劉表主催の酒宴の主人役として劉備を立て、城を取り囲んで一気に抹殺してしまおうとしました。

いちはやく気づいて脱出した劉備ですが、目の前は檀渓《だんけい》という谷川です。しかし、ほかの道はすべて遮断されていますから、今さらそちらにも行けず、進退きわまったかに見えました。

しかも、乗っている馬は凶馬（主《ぬし》に祟るという噂の縁起の悪い馬）とされる的盧《てきろ》です。

的盧はズブリと谷川に踏みこみましたが、そこで止まってしまい、後方からは蔡瑁の追っ手が迫ってきます。「もはや、これまでか」と思われたとき、的盧が突然三丈《さんじょう》（約九メートル）も躍りあがり、対岸に渡れました。

やがて劉備は、牛の背に乗り、笛を吹いている牧童と出会い、その案内で、とある山荘に導かれました。そこにいたのは、司馬徽《しばき》、字《あざな》は徳操《とくそう》、「水鏡先生《すいきょうせんせい》」と名のる人物でした。

司馬徽は、いかにも隠士という風情の人物で、人材を求める劉備になかなか自分の本音をあかしません。

それでも、ヒントは授けてくれました。

「潜伏している龍と鳳凰の雛《ひな》がいる。両人のうちの一人を得られれば、この乱れた天下を安定させることができる」

「それは誰と誰のことですか？」

劉備がいくらたずねても、司馬徽は、

「善きかな、善きかな」

と答えをはぐらかし、ついに教えようとはしないのでした。

劉備がこの答えを知るのは、だいぶあとのことでした。

当時、単福《ぜんふく》という偽名を使っていた徐庶《じょしょ》が、見事な用兵で曹操配下の猛将軍曹仁《そうじん》を簡単に討ち破ったりしていたのですが、曹操の参謀程昱《ていいく》によって、その正体をあばかれます。曹操は徐庶の母親を捕え、彼女を人質として、徐庶に、

「こっちに来い。来なければお前の母親を……」

と脅しました。

徐庶は事情を告げて、劉備のもとを去って行きます。その際、

「わたくしなどよりも、はるかにすぐれた人物がおります」

と言い、諸葛孔明《しょかつこうめい》を推薦しました。

そして、そのとき、「伏龍」が諸葛亮《しょかつりょう》、字《あざな》は孔明。「鳳雛」とは龐統《ほうとう》、字は子元《しげん》であることが明かされました。なにか不思議な運命の糸にあやつられたかのような展開でした。

蔡瑁の魔の手を、的盧の跳躍によって脱し、司馬徽から与えられたヒントが、こうして巡り巡って答えにたどりついたのです。劉備は、この二人を得たいと強く思いました。

徐庶は、曹操の手中にある母親のもとに走るまえに、諸葛孔明の家をたずね、

「劉備に仕えてくれ」

と言いおきます。

しかし、孔明は、

「私をいけにえにする気か」

と不機嫌な様子です。

はたして、「潜伏している龍」は、天空高く躍りあがる日が来るのでしょうか。

そうするうちにも、北方を平定した曹操は、荊州を目ざして南下を始めます。

はたして間に合うのでしょうか。


伏龍鳳雛、両人得一、可安天下（第三十五回）

伏龍鳳雛

伏龍鳳雛二人得一可安天下
辛卯二月景雲書

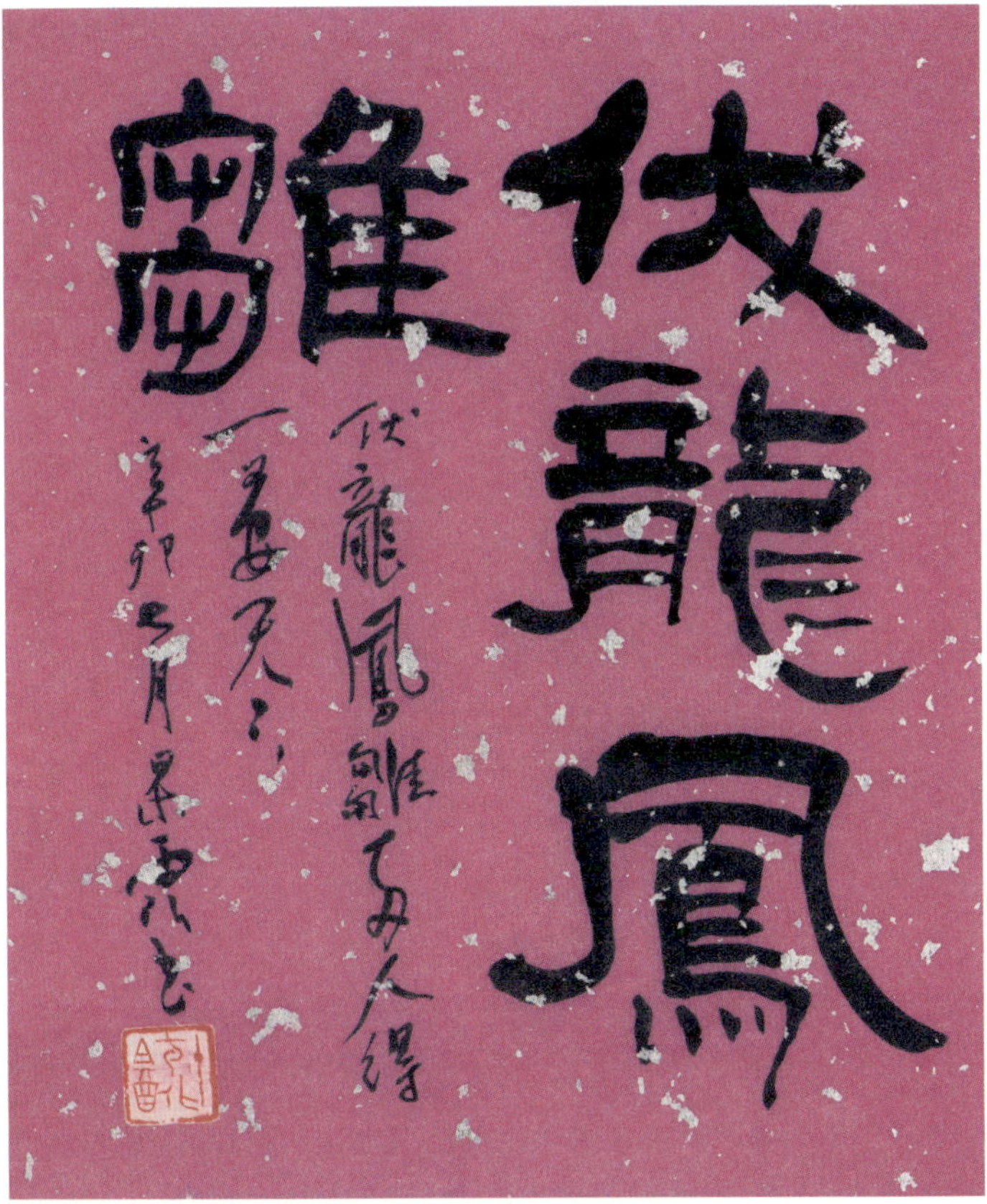

31×26cm

吾の孔明を得たるは、猶《な》お魚の水を得たるがごとし

劉備は諸葛孔明の家をたずね、出馬を要請しようとしますが、留守だったりして、なかなか会えません。いわゆる「三顧《さんこ》の礼《れい》」をつくして、ようやく孔明を得ることになるのですが、関羽・張飛には、いささか納得がいきません。

評判がいくら高くても、本当に大才の持ち主であるかは未知数です。

今までに確固たる実績があるわけではありません。しかも年齢も自分たちより若いのですから、その指示で動くことにも抵抗があります。

そんな二人に対して、劉備は、

「私が孔明を得たのは、魚が水を得たようなものなのだ」

と説明しました。

水がなければ魚は生きられません。劉備のそこまでの強い言葉に、二人も黙ってとりあえず従うことにしたのでした。

吾得孔明、猶魚之得水也（第三十九回）

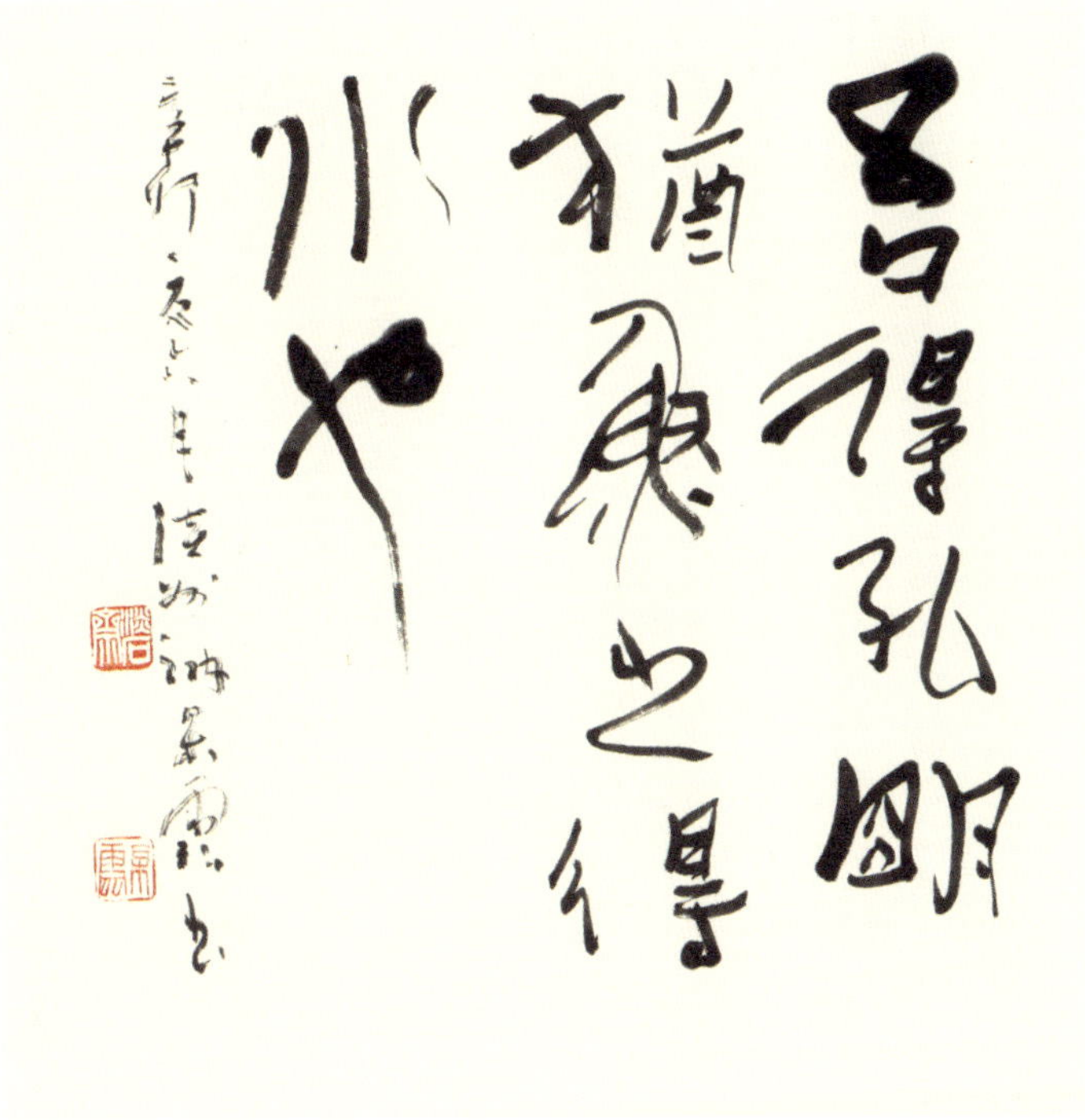

35×35cm

大事を挙ぐる者は、必ず人を以て本《もと》と為《な》す

諸葛孔明の才能を疑っていた関羽と張飛であったが、孔明が民兵を使って博望坡《はくぼうは》で曹操が差し向けた勇将夏侯惇《かこうとん》を見事に火攻めで討ち破ったことにより、評価をあらためました。

しかし、夏侯惇の襲来は単なる前触れにすぎませんでした。

孔明が劉備に仕えはじめた翌建安十三年（二〇八）、いよいよ曹操が大軍を率いて荊州に押し寄せてきたのでした。

曹操はその前に、「丞相《じょうしょう》」という最高権力者の地位を設け、みずからその位に就《つ》いて万全の体制固めをしたうえで乗りこんできました。

荊州の長官の劉表は、この知らせにショックを受けたものか、病死してしまいます。いえ、「劉表が病気である」との情報を受けたことで、曹操が動いたのかもしれません。

劉表が死んでしまうと、その後継に立ったのは次子の劉琮《りゅうそう》でした。長子の劉琦《りゅうき》ではなかったのです。実は劉表の後妻蔡《さい》氏と蔡瑁《さいぼう》が、劉琮のほうを押し立て、劉琦は外地の守備にと言う名目で我が身に危険がおよぶのを避けていました。

劉琦にそうするよう知恵を授けたのは、諸葛孔明でした。

曹操襲来し、劉表死す――この情報に、劉備は荊州の北の主要都市襄陽《じょうよう》に行きます。

劉琮らは、劉備らと戦うわけにはいかず、曹操に荊州を献上してしまうことで身の安全をはかりました。

しかたなく劉備たちは、荊州南部の大都市江陵《こうりょう》を目指すことにしました。

江陵は長江（揚子江）の水運と陸路を結ぶ重要な土地です。

この時、襄陽の人民が多数、

「一緒に行かせてほしい」

と劉備に同行を求め、城から出てしまいました。

周囲の者は、

「人民を帯同したら、一日に進める距離が短くなってしまいます。それでは曹操に追いつかれてしまうでしょう。軍だけは先行すべきです」

と言いましたが、劉備は涙ながらに、

「大きな事をなしとげようとするにあたっては、人々の支持が根本となる。その根本がこうして得られているのに、どうして見棄《みす》てられようか」

と言い、人民とともに移動することにしたのでした。

読みの鋭い曹操は、

「南方の要所江陵を劉備におさえられては面倒である」

と、全力で劉備を追い、当陽《とうよう》県長坂《ちょうはん》で追いつき、襲いかかりました。

軍民入りみだれての地獄地図が展開します。関羽は江夏《こうか》にいる劉琦《りゅうき》に援軍を求めに行き、趙《ちょう》雲《うん》は百万の曹操軍に単騎で斬りこみ阿斗《あと》（劉備の子劉禅《りゅうぜん》）を救い出し、張飛は一人、長坂橋に仁王立ちして曹操軍を斥《しりぞ》けます。

やがて関羽が軍を率いて合流し、ほっとひと息です。

曹操は、敗走する劉備をあくまでも追いつづけるのではなく、戦略上の拠点として江陵をおさえるほうに力を差し向けました。

江陵を我がものとし、そこから下流域に劉備を追いつめ、さらに呉の孫権に圧力をかければいい、と読んだようです。

ここで諸葛孔明が動きます。孫権と連合して曹操を破らぬ限り、将来はひらけません。

そこに、孫権サイドから魯粛《ろしゅく》が派遣されて来ました。

大事を挙ぐる者は必ず人を以て本と為す

三・二年七月 紫図楽しく

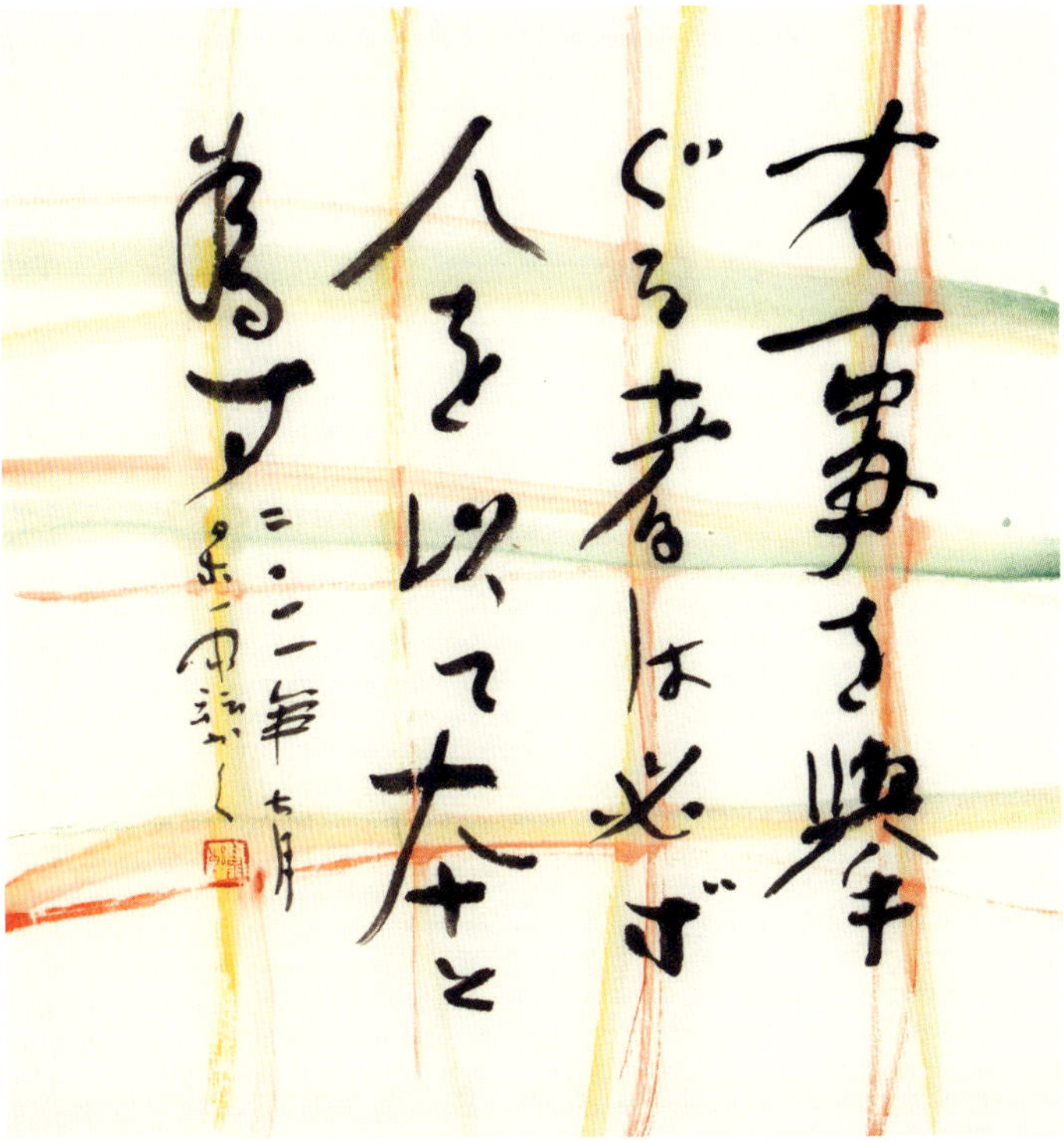

35×34cm

多言して利を獲《う》るは、黙《もく》して言《げん》なきに如《し》かず

魯粛の来訪は、ねらいを秘めたものでした。表向きは、劉琦《りゅうき》に対する劉表の死への忌問ですが、当然、周辺の情況や曹操の軍の強さなどを劉備らから聞き出そうというのです。

諸葛孔明と言えば、「天下三分の計」が有名です。北は曹操、南は孫権、荊州は劉備がおさえ、天下を三分割していこうという構想です。

一方の魯粛にも、早くから「天下二分の計」がありました。荊州を劉表から奪い取り、北は曹操、南は孫権という南北対決の構図に持っていこうというものです。

ところが、現状はどうでしょう。曹操は劉琮《りゅうそう》から荊州の献上を受け、荊州を征圧して江陵までもおさえてしまっています。

この状態では、天下三分の計も天下二分の計も、あったものではありません。

曹操を排除してしまわぬかぎり、そのどちらにも将来はないのです。

ですから、孔明と魯粛の腹は決まっています。劉備と孫権が連合して、曹操を荊州から追い出すしかありません。しかし、話は単純ではありません。曹操も、どっかと江陵に居すわり、

孫権に降伏するよう呼びかけます。

孔明はみずから使者に立ち、孫権に、そして周瑜《しゅうゆ》に、曹操との対決をうながそうとします。

まず問題になったのが、孫権の配下の意見が真っぷたつであったことです。

武将たちは、戦ってナンボという立場から決戦を主張しますが、文官たちは孫権が降伏しても自分たちは職を失わずにすみそうですから、非戦降伏をとなえます。

やって来た孔明に、文官たちが次々に論戦をしかけ、「戦うのは無理だ」と言います。

孔明は、いちいちにわたって反論してゆきますが、文官たちは数も多く、入れかわり立ちかわり議論をふっかけました。

この時、古株の武将黄蓋《こうがい》が現われ、

「国境に曹操が来ている国難のときに行うことではあるまい」

と荒々しい声で制し、

「べらべらとしゃべりまくって利を獲るくらいなら、黙っているほうがいい」

と、孔明に直接孫権と話すよう仕向けたのでした。

ところが、孫権もなかなか決心がつきません。それに肝心の周瑜が、のらりくらりとした態度で、自分の心を明らかにしないのです。

孔明は周瑜に会い、

「曹操は女を二人獲たら、大喜びで北に帰還して行きますよ」

と言いました。

「その女二人とは、誰と誰か？」

の問いに、孔明は、

「呉の国が誇る美女姉の大喬《だいきょう》、妹の小喬です。その証拠は、曹操の子曹植《そうしょく》の『銅雀台の賦』に『二君を東南にとり……』とあることです」

と答えました。

これを聞いて激怒した周瑜は、曹操と戦う本音をぶちまけてしまいました。

大喬とは亡き孫策の、小喬とは他ならぬ周瑜の妻でした。

もちろん、『銅雀台の賦』の「二喬」は「二つの橋」という意味ですが、孔明は洒落言葉として折りこまれているとして周瑜の感情を揺さぶり、本音を引き出してみせたのです。

これで孫権の腹も決まり、いよいよ全面対決のときを迎えます。

時に建安十三年（二〇八）冬のことでありました。

多言獲利、不如黙而無言（第四十三回）

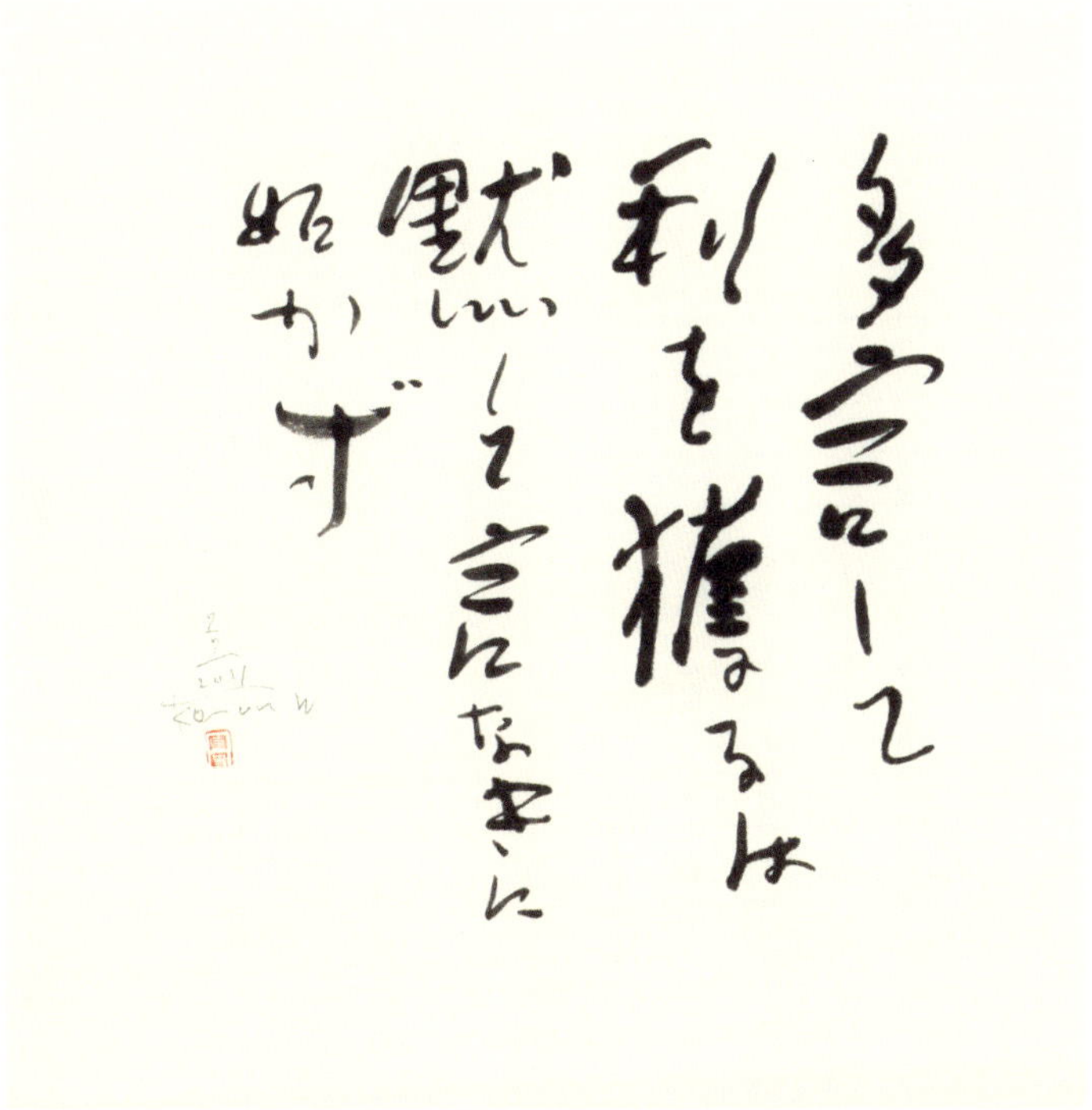

34×35cm

酒に対しては当《まさ》に歌うべし。人生《じんせい》幾何《いくばく》ぞ

一方、要所の江陵をおさえ、蔡瑁《さいぼう》らの荊州の水軍を手に入れた曹操は、来たるべき決戦の時をひかえて、いやがうえにも気分は高揚します。配下一同と酒宴をひらき、

「私は黄巾賊を破り、呂布を捕え、袁術を滅ぼし、袁紹を倒し、遼東の地までも征圧して天下を駆けめぐってきた」

と人生を振りかえり、みずから「短歌行《たんかこう》」という題の詩を作りました。その冒頭の二句では、

「酒を前にしたら、歌うべきだ。人生とは、いかばかりのものなのか――。」

時に曹操は、数え五十四歳。もうひと押しして劉備・孫権を倒せば天下は自分のものとなるはずです。条件は自分に有利だと思っている曹操ですが、歴史には百パーセントはありません。

予想以上に戦いが長びくかもしれませんし、曹操自身も病気にかかったりする可能性だってあるわけです。自分の人生の残り時間を意識しつつ、興奮がつのります。もしかすると、亡きライバル袁紹を強く思い出していたかもしれません。

対酒当歌。人生幾何（第四十八回）

45×34cm

万事《ばんじ》倶《とも》に備われども、ただ東風をのみ欠く

劉備・孫権の連合軍といっても、軍勢の数から言えば、主力をになうのは呉軍です。

その総督として周瑜は、巧みな作戦を実行していきます。

曹操が送りこんできたスパイの蒋乾《しょうかん》を、それと知りつつ逆用し、ニセ情報を流しました。

その結果、荊州の水軍を率いる蔡瑁《さいぼう》と張允《ちょういん》が呉に内通していると思わせることに成功します。

曹操は蔡瑁・張允を処刑してしまいました。

これで曹操側の水軍は弱体化します。

次に、古株の将軍黄蓋《こうがい》と「苦肉の計」を実行にうつしました。

黄蓋がわざと周瑜にさからい、杖刑《じょうけい》（棒叩きの刑）を受けます。黄蓋は皮膚が裂け、血だらけになりますが、あえてこうすることで、

「黄蓋は周瑜を怨み、曹操の側にみずからの船団ごと寝がえる」

というストーリーを信じこませることに成功します。

いよいよその時となったら、黄蓋は、安心している曹操の水軍に突っこみ、火を放って一気

に勝負をつけてしまおうというのです。

さらに、水鏡《すいきょう》先生司馬徽《しばき》が劉備に語っていた「鳳雛」、龐統がその作戦を助ける策をおこないました。北方の兵が多い曹操の軍は、慣れない船の上ですから、船酔いをおこし、不調をきたす者が続出していました。

そこにつけこんで、龐統は曹操に、

「船と船を鎖でつなぎ、言わば大きなひとつの船のようにすれば酔いは防げます」

と吹きこみました。

「なるほど」

と曹操は同意し、さっそく船を大きくまとめました。

でも、これは周瑜の思うツボで、ひとかたまりになってしまった船は、火をかけられたら、散り散りになって逃げることができませんから、まとめて焼かれてしまう計算です。

が、ここで周瑜は急に体調をくずし、煩悶《はんもん》に取りつかれてしまいました。

諸葛孔明は、魯粛からこれを聞いて病気見舞いに行き、周瑜に、

「あなたの病気を一瞬で治してしまう方法をお教えしましょうか」

と言うと、紙に字を書いて示しました。

「万事は順調にいったけれども、ただひとつ東風だけが足りない」

図星をさされて、周瑜は愕然としました。

季節は冬です。曹操は北岸、呉軍は南岸に位置していますから、北風では火は南にあおられ、呉軍に不利になるのです。

でも、孔明はすまし顔で、

「七星壇《しちせいだん》を築き、祈って風を吹かせましょう」

と言います。

「孔明はすべてを見通していたのか。こんな存在があっては、今後大変なことになる」と考えた周瑜は、当面の敵曹操を倒すことのほかに、孔明の抹殺も考えなければならなくなりました。

しかし、孔明の才能は測り知れず、「十万本の矢をすぐ用意してくれ」と無理な要求をしてみても、濃霧の中、藁《わら》束を満載した船団を曹操の水陣に近づけてわざと矢を受け、悠々と引きかえして来ました。

まったくつけいる隙というものがないのでした。

周瑜はとりあえず、孔明に風を呼ばせ、曹操を破ることに専念するしかありませんでした。

万事倶備、只欠東風（第四十九回）

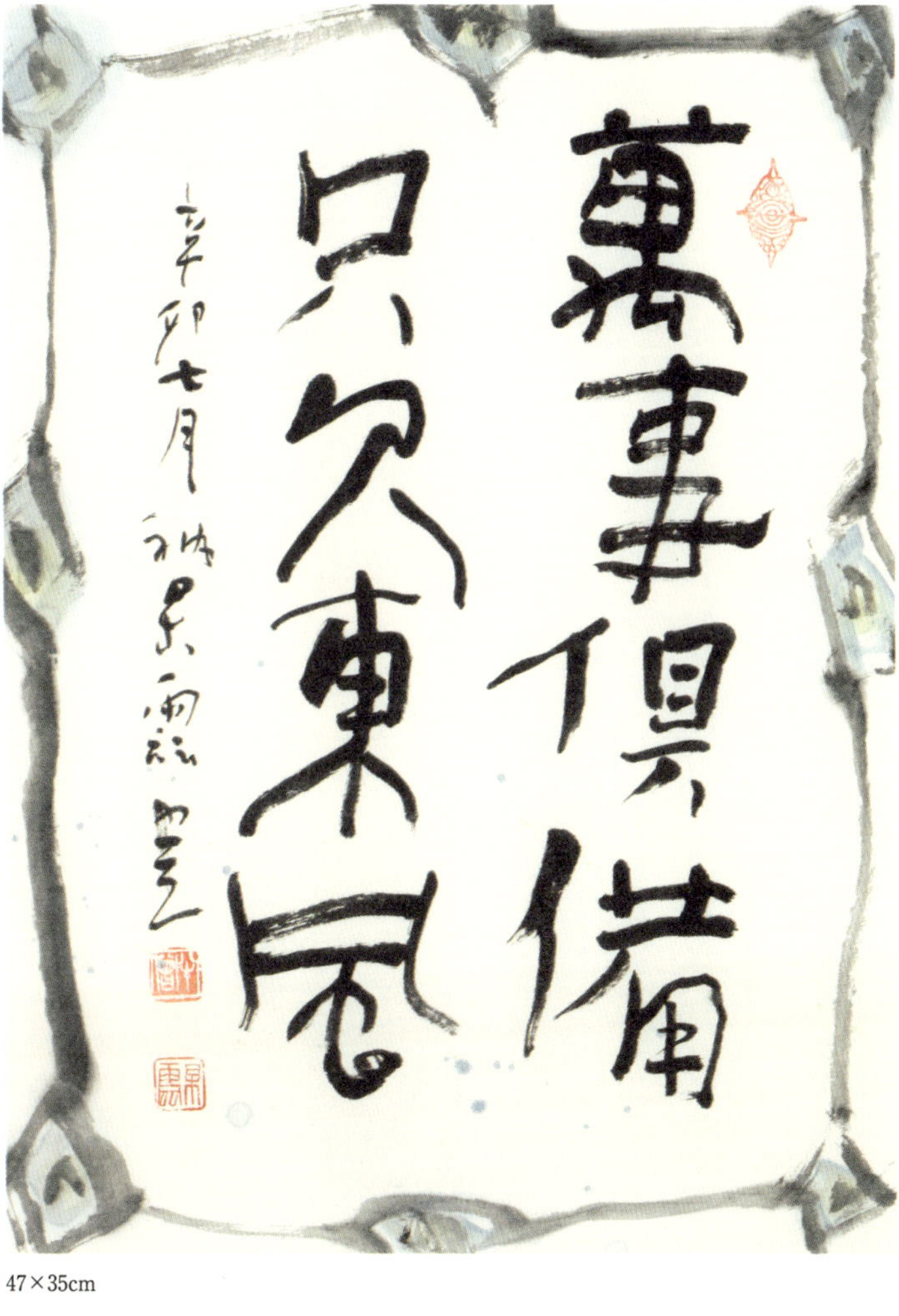

47×35cm

馬氏《ばし》の五常《ごじょう》、白眉《はくび》最も良し

世の名高い「白眉」の故事です。劉備たちは早くも曹操との対決（赤壁の戦い）のあとの構想を持っていました。

それは、荊州南部の四つの郡、武陵《ぶりょう》・長沙《ちょうさ》・零陵《れいりょう》・桂陽《けいよう》を取って地盤を築き、そこからさらに先への展望をひらいていこうというものです。

これを進言した人物が馬良《ばりょう》でした。彼は馬《ば》氏の兄弟五人のなかで一番優秀だと評されていました。その兄弟は五人いて、全員が字《あざな》に「──常」と付いていました。馬良はその四番目で「李常」でした。ちなみに弟は「幼常」の馬謖《ばしょく》で、こちらは別の意味で有名です。

馬良は眉毛の白髪が目立つという、年齢の割に珍しい風貌でしたので、「馬氏の五兄弟の中で、眉が白いのが一番優良だ」と言われたのでした。本名の良と、良《よ》いの良とがシャレになっています。身体的特徴は、本人が立派なら、唐宋の李克用《りこくよう》や伊達正宗の「独眼竜」のように誉のことばになる実例でもあります。

馬氏五常、白眉最良（第五十二回）

白鹿

馬氏五常
白眉最良
歲次辛卯
六月水部
郢上翰墨雨詩書

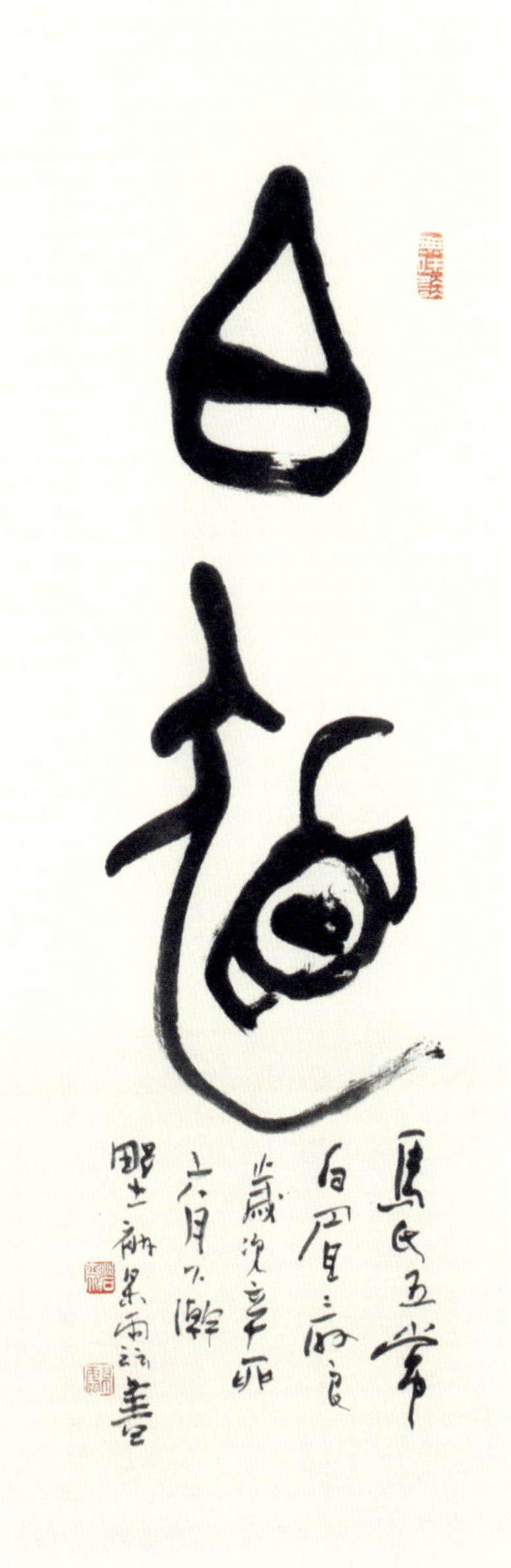

天下に女子は少なからず

赤壁の戦いからの動きは次項以降で見てゆくことにして、しばらく劉備の動静を見ておきましょう。曹操の残存勢力と呉の周瑜《しゅうゆ》との戦いがつづいているのをよそに、荊州南部の郡を攻略平定してゆく劉備らでした。

まず零陵《れいりょう》を孔明の指揮で、桂陽を趙雲《ちょううん》が、武陵を張飛が、そして長沙を関羽の働きで取りました。その桂陽でのひとコマです。

桂陽を治める太守（長官）の趙範《ちょうはん》は、最初から戦意がなく、しかも趙雲と同年生まれの同郷人。酒宴で趙雲を歓待しました。その際、調子に乗って自分の兄嫁（美しき未亡人）の樊《はん》氏を紹介しますが、趙雲は怒って拒絶します。

あとで劉備が「いい話ではないか」と言うと趙雲は、

「天下に女子は多くいます。筋が通らぬ不義を犯しては、名誉が台無しになりますから」と、平然と言ったのでした。

天下女子不少。但恐名誉不立（第五十二回）

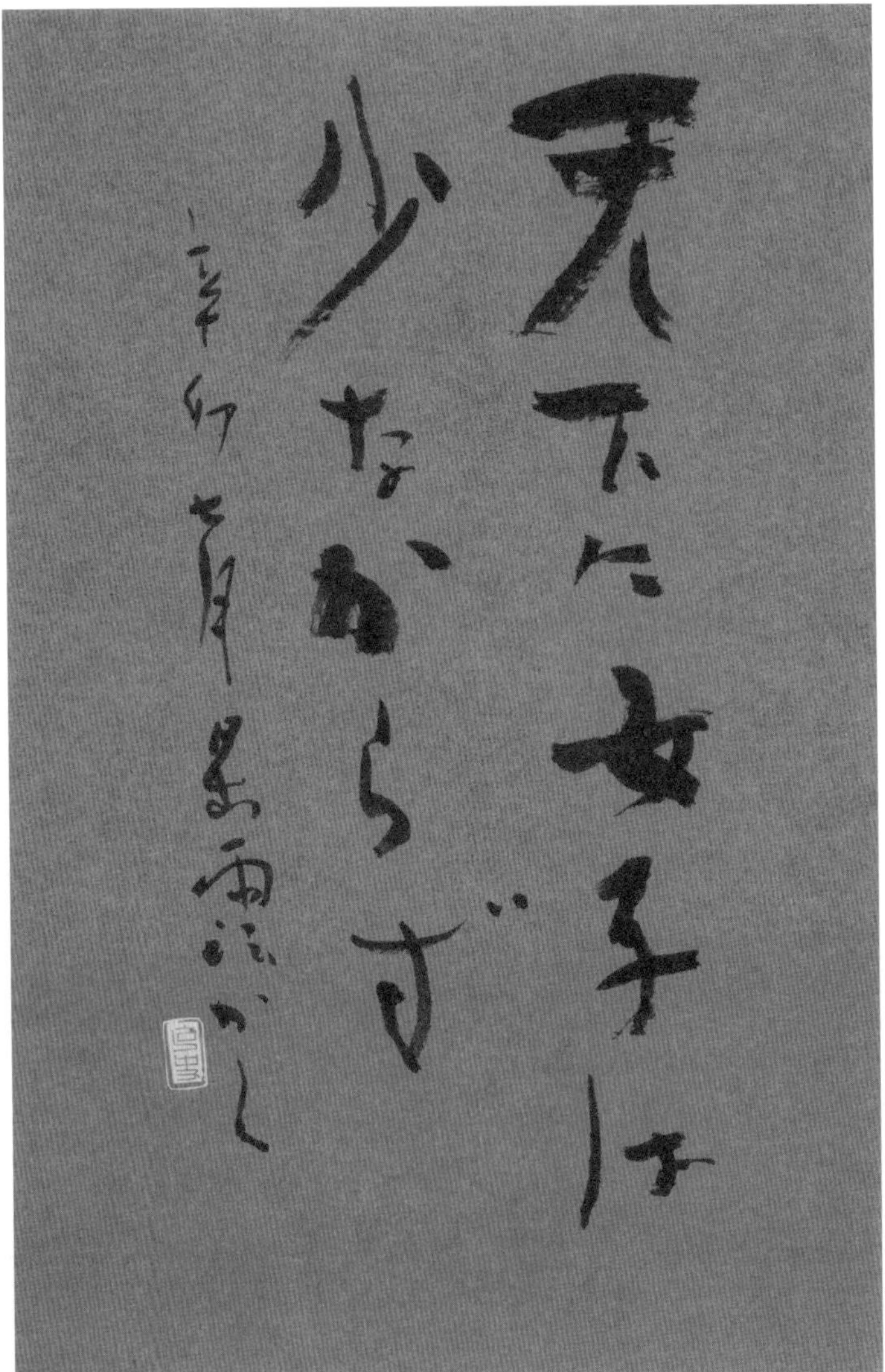

33×21cm

大丈夫《だいじょうぶ》、乱世に生まるれば、当《まさ》に三尺の剣を帯びて世ならざるの功を立つべし

赤壁の戦いは、劉備・孫権連合軍の大勝利となりました。

「曹操の側に寝がえる」と偽りの投降をしてみせる黄蓋の船団は、予定通り、いっせいに曹操軍の船を焼きました。

曹操の水軍は、龐統《ほうとう》の計にひっかかり、船と船を鎖でつないでいたので、火をかけられると、ひどくもろいものでした。

それを、諸葛孔明が招いた東南の風が勢いを助け、曹操は、なすすべなく逃走しました。

その逃げ道には、孔明があらかじめ趙雲や張飛、そして関羽を伏兵として配置してあったので、そのつど兵力を失ないながら曹操は切り抜けるのが精一杯でした。

関羽のいる所にたどり着いたときには、すでにどうにもなりませんでした。

しかし、ここで関羽が曹操を見のがしてしまいます。

先年、自分を殺さず、破格の条件を受けいれ、劉備の居場所がわかったから立ち去ると言い

だしたときも、快く「行かせてやれ」と対応してくれた曹操を殺せないのでした。

曹操に従う兵士たちも、おびえきった目で震えています。関羽は全員を見のがしたのです。

しかし、敗れたとは言え、さすがに曹操です。南郡《なんぐん》（江陵《こうりょう》）には曹仁を残しておきました。

次はこの南郡を攻めはじめる周瑜です。

曹仁と戦ううちに、なんと劉備たちは荊州南部の四つの郡を取ってしまいます。

周瑜は戦闘中に矢傷を負いますが、これを逆用し、

「周瑜は死んだ」

というニセ情報で曹仁を誘い出し、ようやく勝利を得ました。

ところが、南郡の城にはいろうとすると、すでに隙をついて孔明が占領してしまっています。

周瑜は激怒しますが、ここで孔明と直接対決するわけにはいきませんでした。

早くも曹操の軍が動き出し、東の合肥《ごうひ(がっぴ)》をねらって来たのです。

孫権がこちらに対します。曹操側の将軍は、張遼《ちょうりょう》・楽進《がくしん》・李典《りてん》。孫権の側には、勇将太史慈《たいしじ》がいました。

太史慈は弓の名手でもあり、個人的武闘能力もすぐれ、かつて孫権の兄孫策と互角に渡りあった武将です。

若いころから男気があり、劉備とも面識があります。

しかし、その一方で手柄を立てようとはやる荒々しさもあり、ここでスパイを合肥に送りこみ、内部で火をあげさせ、張遼らが動揺したところを外側から攻めて一気に片をつけてやろうと考えました。

張遼は冷静沈着なベテランです。これを逆用して太史慈を誘いこみ、矢を浴びせます。

これが思いのほか重傷で、潤州《じゅんしゅう》で養生したものの危篤におちいり、

「一人前の男たるもの、乱世に生まれあわせたならば、三尺の剣をひっさげて、世に並びない手柄を立てるのが本望である。それを成しとげずして、どうして死なねばならないのか」

と言って息絶えました。数え四十一歳でした。

劉備と連合して赤壁で勝利し、曹操を追いかえしたはずの孫権ですが、得られたものよりも失うものが多かった結果になりました。

これが歴史というものなのでしょうか。時代は再び闘いの連続となってゆくのでした。

大丈夫生於乱世、当帯三尺剣立不世之功、今所志未遂、奈何死乎（第五十三回）

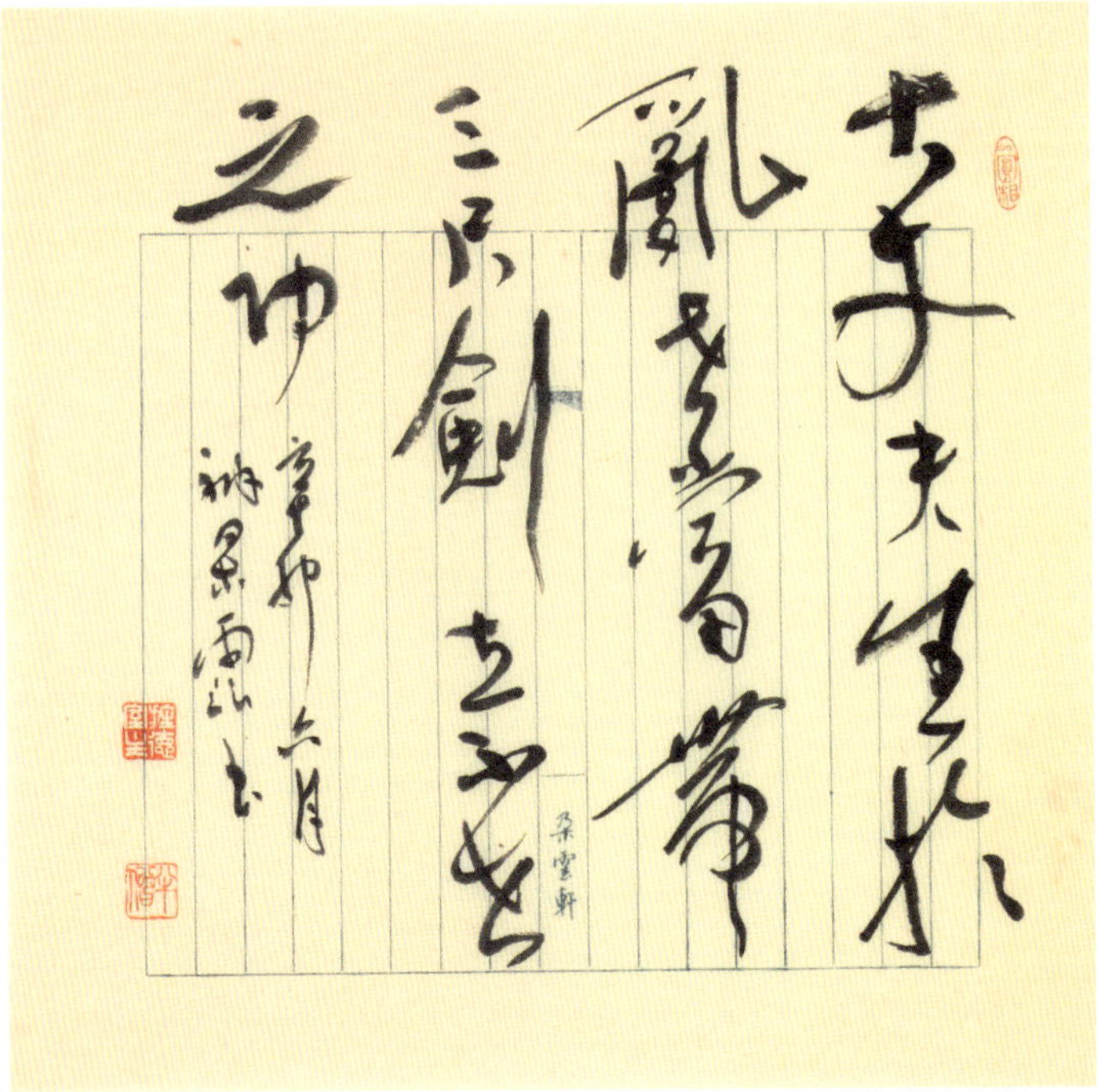

28×30cm

既《すで》に瑜《ゆ》を生むに、何ぞ亮《りょう》を生むや

せっかく黄蓋《こうがい》との苦肉の計で曹操の水軍を焼きほろぼし、勝利を得た周瑜でしたが、肝心の火攻めを助ける東南の風は孔明が祈って吹かせたものでした。

そして、みずからの負傷を利用して南郡の曹仁《そうじん》を誘い出し、やっと勝ったと思ったら、南郡の城は孔明に先を越されたあとです。周瑜はつねに後手後手にまわってしまいました。孔明のほうが、いつも先を、上を行ってしまいますので、プライドもずたずたです。

「われわれ呉軍が協力してやったから曹操に勝てたのだ。荊州南部の四つの郡や南郡の領有権をこちらに引き渡せ」

と劉備に迫っても、孔明は、

「なんなら受けて立ちますよ。われわれが戦争を起こせば、そこに喜んで曹操がなだれこんで来るでしょうよ」

と言って澄まし顔です。さらに、

「もともと荊州は、亡き劉表のもの。次子の劉琮《りゅうそう》は曹操に投げだしましたが、本来は長子の劉《りゅう》琦《き》があとを継ぐべきものです。われわれは劉琦の後見人ですから、劉琦を盛り立てて荊州を守る責務があるのです」

と主張します。

これには温厚な魯粛《ろしゅく》も怒気をふくんで強く迫りますが、今度は、

「では、われわれが上流の蜀を取ったら荊州は明け渡しましょう」

と言います。

そこで周瑜は孫権の妹と劉備の縁談をエサに、劉備を呉に呼び寄せ、ぜいたくをさせて劉備を骨ぬきにしたうえで人質とし、荊州の領土と引きかえにしようと、もくろみました。

このような計にひっかかる孔明ではありません。この縁談に乗ったふりで対応すべく、劉備に同行してゆく趙雲に秘計を授けたうえで行かせます。

ここで周瑜の予想外のことが起きます。呉国太《ごこくたい》（孫権の生母の妹で、父孫堅《そんけん》の第二夫人。劉備との縁談の相手の生母）が劉備を気に入り、本当に正式の婚礼になってしまったことです。

しばらく呉の地でぜいたくな暮らしをした劉備は、たしかに骨ぬき状態になりましたが、頃あいを見て趙雲が孔明の計に従い孫夫人（孫権の妹です）とともに脱出します。

追っ手がかかりますが、男まさりな性格の孫夫人が呉の武将たちを一喝し、その迫力に手出

しができません。そこに孔明の迎えの船が到着します。周瑜は、劉備配下の兵から、「見事な計略。嫁を世話して領土は取れず」とはやしたてられ、怒りで傷が張り裂けてしまいます。

かくなるうえは実力行使あるのみ、と周瑜は、

「われわれが蜀を取ってやる。それをくれてやるから、荊州を渡せ」

と要求し、軍を発動します。

そして、その途中で荊州に襲いかかろうとします。

しかし、孔明はすでに関羽・張飛・趙雲らを要所要所に配置してあって、どうすることもできません。孔明から、本拠地をお留守にして、曹操が来襲したら、どうするつもりですか、という手紙が届きます。

がっくりときた周瑜は、

「ああ。天はすでに私周瑜を生んでおきながら、なぜ諸葛亮までも生みたもうたのか」と言って亡くなりました。建安十五年（二一〇）、数え三十六歳でした。周瑜は一七五年生まれで、孔明より六歳年長でした。

既生瑜、何生亮（第五十七回）

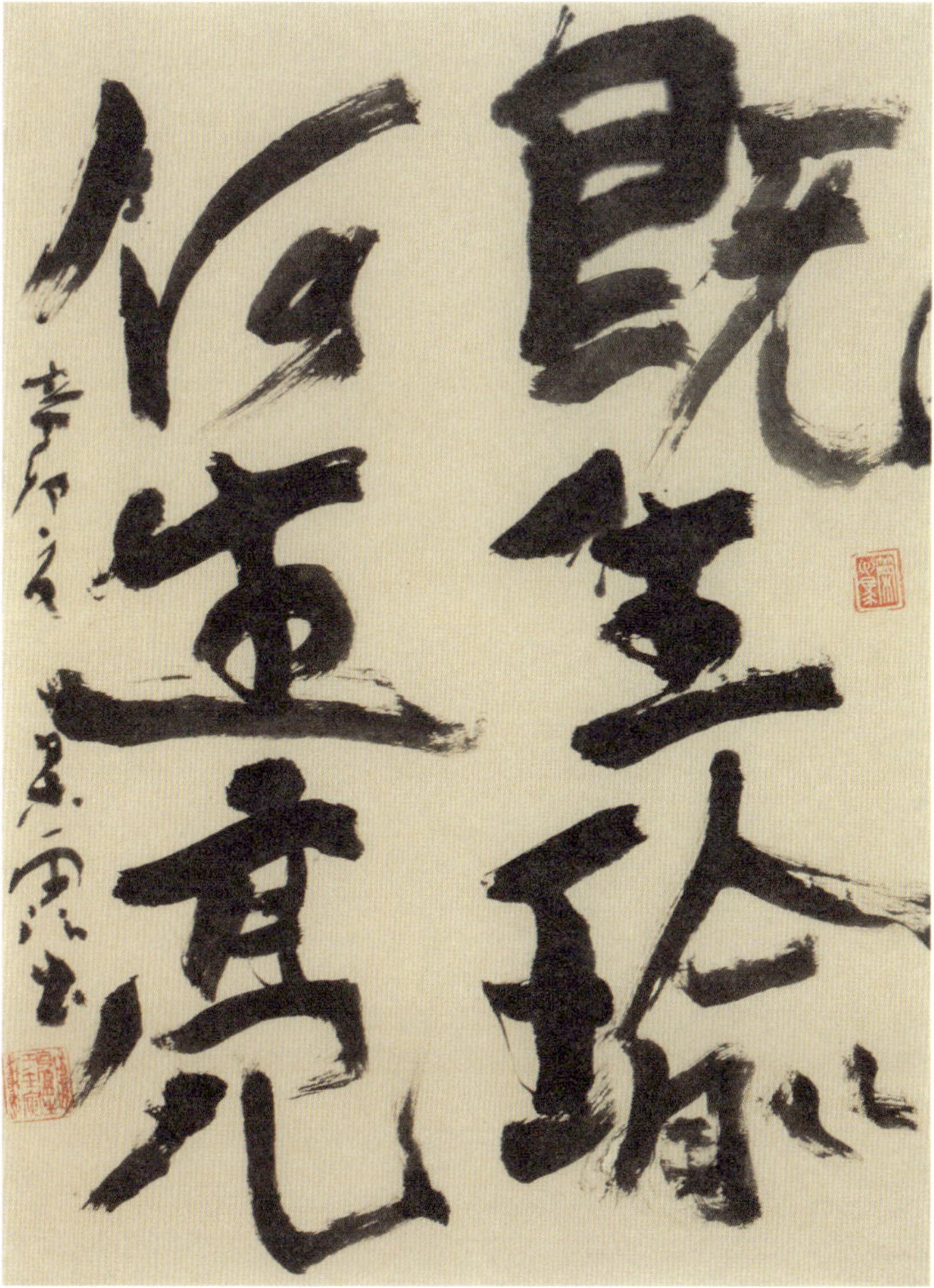

53×40cm

操、譎《きっ》を以てすれば、吾、忠を以てす

遠く諸葛孔明や周瑜にねらわれているなどとはまったく知らない蜀の劉璋《りゅうしょう》ですが、隣接する漢中をおさえている宗教家の張魯《ちょうろ》とは緊張状態にありました。

そのとき、張松《ちょうしょう》という部下が、「妙策」を提案しました。

「曹操との連係を取りつければ、張魯を前後から挟み撃ちにするかっこうになりますから、国内安全を保てます」

と。

劉璋はその気になりました。しかし、これは一種のワナで、張松は蜀の地においては不満分子です。仲間の法正《ほうせい》や孟達《もうたつ》ともども、

「蜀を曹操に献上してしまえば出世できる」

と考えていたのです。

曹操のもとへ使者として出発するとき、張松はひそかに蜀の地図をたずさえて行きました。

ところが、実際に会ってみると曹操には驕りの色が見えるので、がっかりします。接待にあ

たったのは曹操配下の俊才楊修《ようしゅう》です。

張松は楊修と議論をして言い負かし、曹操の著書『孟徳新書』を一読しただけで全篇を暗唱してみせますが、心は晴れません。

張松は矛先を変えて劉備をたずね、劉備に蜀を献上してしまおうと考えました。

しかし劉備は、諸葛孔明らと違い、蜀を劉璋から乗っ取ることを潔《いさぎよ》しとしないものがあります。漢朝の血を引く劉備が、同じ漢朝の血を引く劉璋から領土を奪い取るのは、本筋ではないと考えるからです。

張松は、そういう劉備の人柄を好ましいと思い、蜀の地図を残して、いったん帰国します。

そして、

「劉備を味方に引き入れれば、張魯など物の数ではありません」

と劉璋に勧め、法正・孟達両名を劉備のもとへの使者として送り出しました。

軍を従えて蜀入りした劉備は、あくまでも劉璋に加勢する気ですが、あらためて孔明、龐統、法正がこの際、蜀を取ってしまうよう勧めます。

劉備は、

「たしかに当面すべき最大の敵は曹操だが、曹操が急激にすれば私はゆっくりし、曹操が乱暴にふるまえば私は仁愛をほどこし、曹操が悪辣《あくらつ》に出れば私は誠をアピールする。こうすることで天下の支持を集めてゆけば、やがては勝てると思っている。目先の利に食いついてしまうと、信義にそむくことになってしまう」

と応じました。

なかなか踏み切らない劉備。これに焦《じ》れてしまった張松は、

「早く決断し、奪い取ってください」

という密書を送ろうとしますが、これが露見してしまい、結局、劉備と劉璋は戦争をすることになったのでした。

たしかに、先行する曹操を追いかけ、追いついてゆこうとする劉備です。曹操と同じことをやっていては、追いつけません。違いを強調することによって、天下の支持を拡大してゆくのは、長期的戦略として当然の構想でしょう。

その一方で、短期的にも支持を獲得していかなくては順調な成長も前進もありません。この言葉には人生のむずかしさを深く感じさせられます。

操以急、吾以寛、操以暴、吾以仁、**操以譎、吾以忠**。毎与操相反、事乃可成（第六十回）

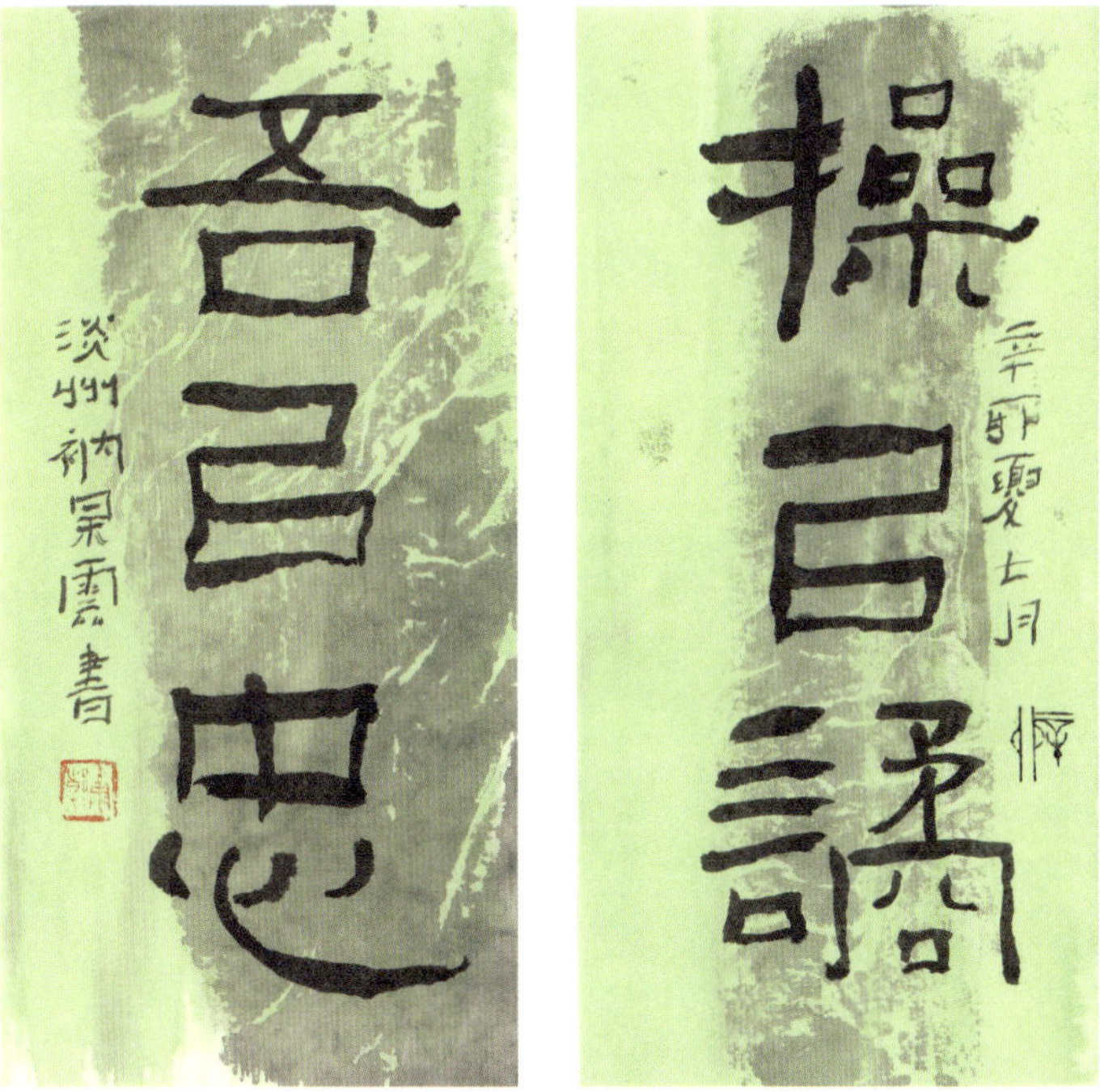

各25×13cm

子を生まば、当《まさ》に孫仲謀《そんちゅうぼう》の如くなるべし

劉備が劉璋に招かれるかたちで蜀に行き、そして劉璋との戦争になってしまったころ、曹操はどうしていたかというと、蜀の方面にまで目を向けていられない状態でした。

それは、馬超《ばちょう》と韓遂《かんすい》との連合軍が、馬騰《ばとう》（馬超の父）の仇討ちとして来襲し、猛威をふるったからです。その勢いの前に、曹操も大苦戦します。

しかし、参謀の賈詡《かく》が「塗り消した手紙の策」で馬超と韓遂の間を裂き、ようやく勝利します。この策は、韓遂あてに、わざとあちこちを墨で塗り消した手紙を送り、馬超の心をゆさぶろうというものでした。手紙を見た馬超は、

「さては韓遂め。実は曹操と通じていて、私に見られてはまずい部分をこうして塗り消したのだな」

と思いこんでしまい、まんまと策略に陥《お》ちてしまったのです。

このようにして難敵を斥《しりぞ》けた曹操は、建安十八年（二一三）、「魏公」の位にのぼります。これは、このあとで機を見て「魏王」にのぼり、つぎに後漢の献帝を廃して「魏帝」に、という

道筋を明確に示す行為でした。

これには臣下が二つに割れます。そのまま曹操にくっついて栄進を願う者がいます。一方、荀彧《じゅんいく》のように、

「あくまでも臣下としての立場で国民のために働くことこそ本筋で、自分が皇帝になろうなどとは、もってのほかだ」

と反対する者もいました。

やがて曹操は、濡須《じゅしゅ》に軍を進め、孫権に圧力をかけようとします。

そのとき、荀彧にも従軍を命じ、わざと空《から》の箱を贈ることで、

「おまえはもう不要だ」

と謎をかけました。荀彧は絶望し、毒をあおいで自殺しました。

袁紹との「官渡の戦い」の際には、非勢に苦しむ曹操に励ましの手紙を送った名参謀は、こうして消え去ってしまったのです。

大軍を率いて濡須に到着した曹操は、曹洪《そうこう》に斥候《せっこう》を命じます。斥候とは、あらかじめ自分が進んで行こうとする方面に探りを入れることです。

ところが、曹洪からの知らせによると、長江（揚子江）の沿岸一帯には、すでに呉軍が旗を

立て並べ、待ちかまえているとのことです。

見せかけだけの備えかもしれない、と曹操はみずから軍を進め、現場にのぞみました。そして、近くの山にのぼって見わたせば、旗印だけではなく、ズラリと戦艦が並び、五色の旗のもと、整然と軍が展開しているではありませんか。

その船団の中央に、ひときわ大きな船があります。その船の上にひらいた青い絹地の傘の下に、孫権が座っています。

そして孫権の左右には、文武の官が隙なく配置されています。まことに堂々とした姿です。

曹操は鞭をあげて遥か孫権を指し示しながら、

「息子を生むなら、孫権（仲謀）のようでありたいぞ」

と言いました。「あんな息子がほしいものだ」というわけです。ついでに、

「もとの荊州の主劉表の息子たちなど、豚か犬に見える」

と評しましたが、これはついでに口がすべったものです。

孫権は曹操より十七歳下です。当時は結婚が早かったので、本当の息子であってもおかしくありません。

生子当如孫仲謀（第六十一回）

生子當如孫仲謀

歲次辛酉夏六月申澣鈉呆雲書

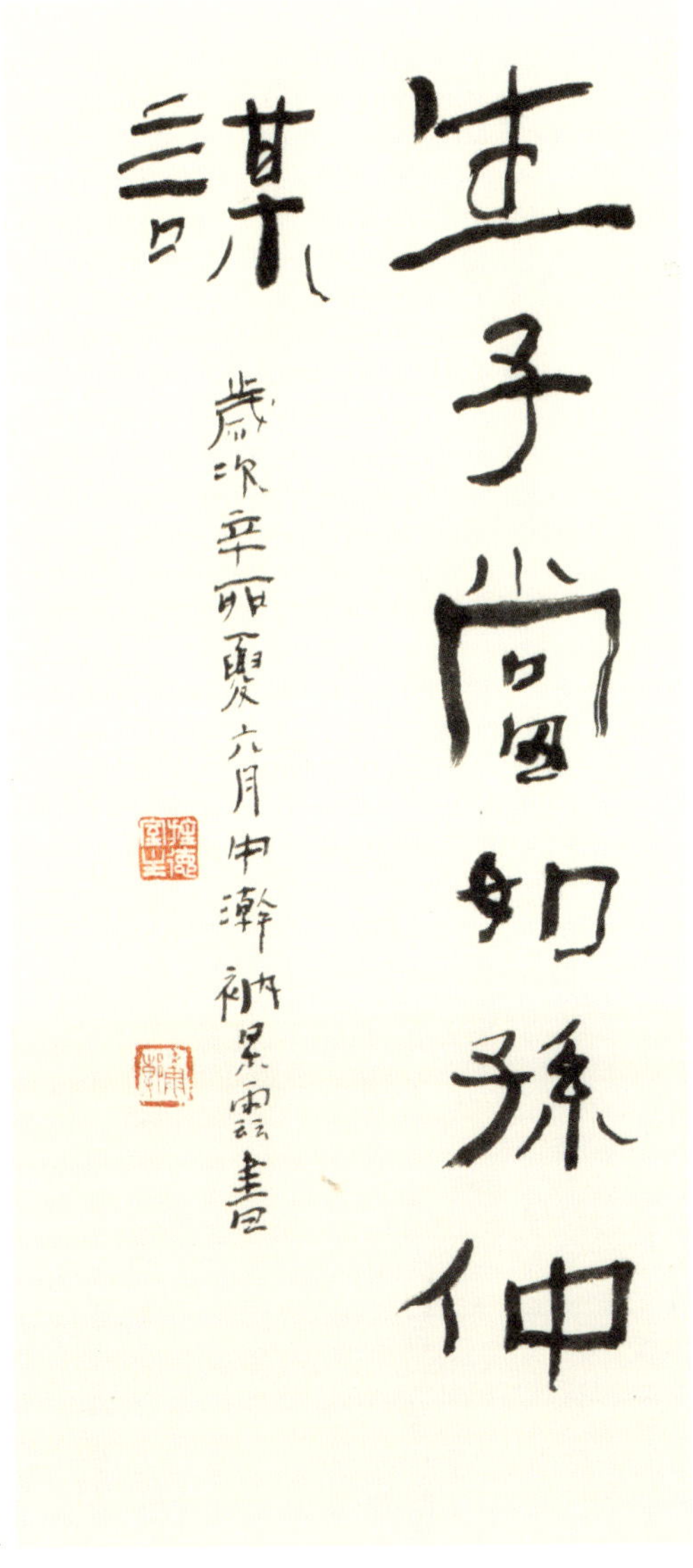

足下《そっか》、死せずんば、孤は安きを得ず

「あんな息子がほしい」と言った曹操ですが、孫権の軍に急襲され、逃げ帰った夜にも襲撃をくらい、後手後手にまわってしまいます。太陽が二つ天空にのぼる夢を見た翌日、黄金の兜《かぶと》をつけた孫権と対陣すると、孫権は、

「ともに臣下たる身でありながら、なぜ攻めて来るのですか」

と言い、またも曹操は押され気味です。

対峙すること一カ月余り、孫権から手紙が来ます。その内容は、「赤壁の二の舞にならぬようご注意を」とあり、結びの部分に、

「足下《あなた》が死なないかぎり、孤《わたし》は気の安まるときがありません」

と書き添えられていました。

曹操はこれを呼んで大笑いし、「孫権は私をわかっている」と言うと、軍を許昌まで引きあげていきました。両雄の息づかいが読む者の心に伝わってくるようなセリフでした。

足下不死、孤不得安（第六十一回）

思不死 孤不得生

辛卯七月 神界雨窗

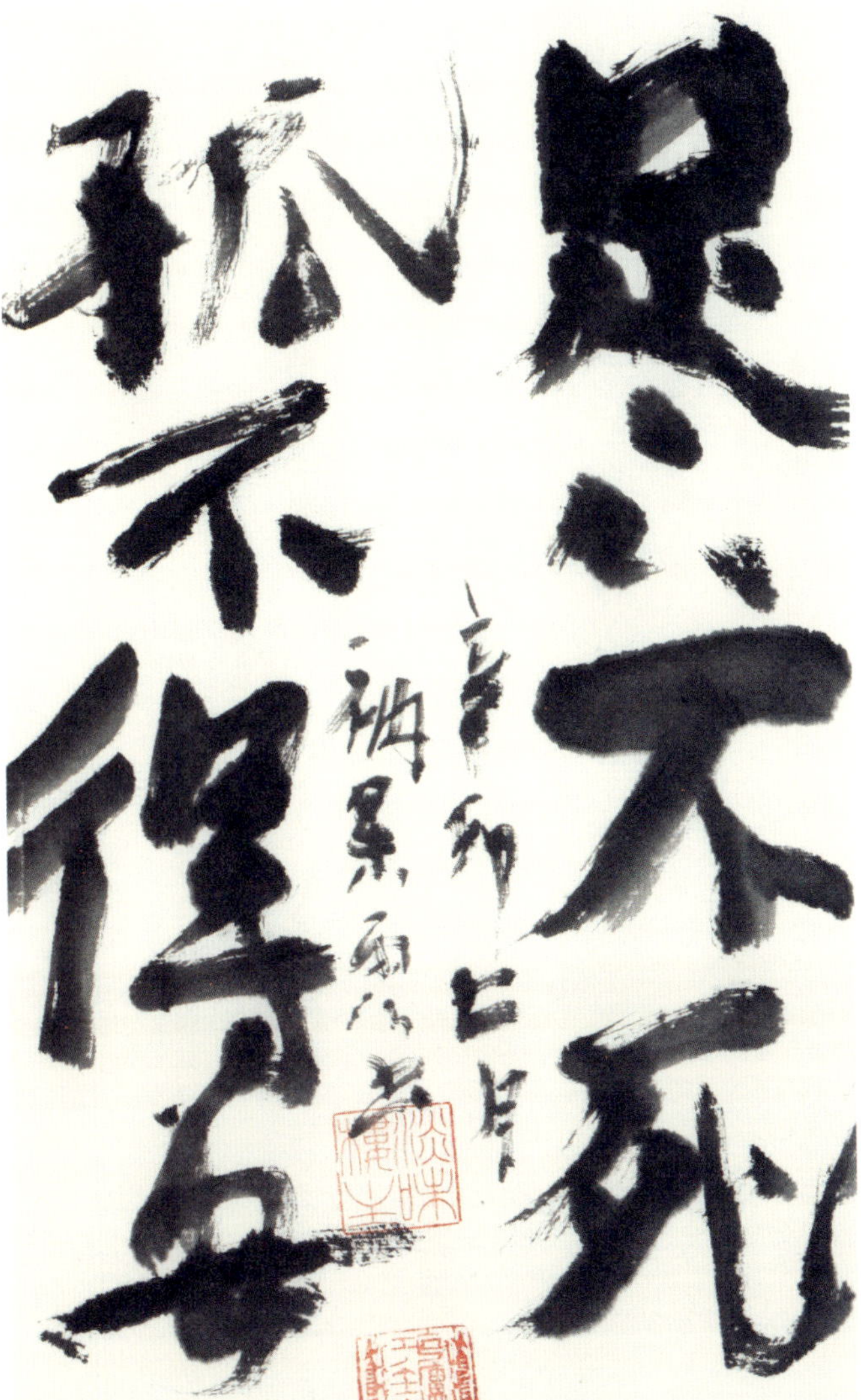

ただ断頭将軍あるのみ。降将軍《こうしょうぐん》なし

建安十九年（二一四）、まだ劉備と劉璋《りゅうしょう》の戦いは続きますが、龐統《ほうとう》は馬を劉備と乗りかえたために劉備と誤認され、落鳳坡《らくほうは》で命を落としてしまいました。

代わって諸葛孔明が荊州から駆けつけることになり、張飛は孔明の指令を受け、巴西《はせい》に進みます。

立ちはだかったのは老将厳顔《げんがん》。劉備を蜀に招くことに当初から反対していた強硬派です。

張飛は策略によって厳顔を捕えますが、厳顔は、

「ここには頭《こうべ》を断ち斬られる将軍はいても、敵に降《くだ》る将軍はいない」

と言って膝まずくことさえ拒否します。

張飛は非礼をわびて、厳顔の縛を解き、丁重に対応しました。それで心を開いた厳顔の導きにより、それ以降の進行が抵抗も受けずに速かにいったのでした。

張飛も人間として、また将軍として器が大きくなっていたことを示す話です。

但有断頭将軍。無降将軍（第六十三回）

70×26cm

既《すで》に隴《ろう》を得てまた蜀を望まんや

劉備は、合流した諸葛孔明らの力を得て、やがて蜀を取るのですが、そのころ曹操の身辺にも動きがありました。「魏公」の位に進んだ曹操を、「魏王」に推戴しようという動きがおこりました。もちろん、これは曹操も納得づくのことで、やがては国を奪って皇帝の位にのぼろうという予定のコースです。

しかし、ここで荀攸《じゅんゆう》が反対します。荀攸は、以前に曹操が魏公にのぼらんとした際に強く反対して自殺に追いこまれた荀彧《じゅんいく》の甥にあたります。

優秀な人物ですが、この荀攸もまた憤りのあまり、病死してしまいました。

こうなると脅威におののくのは献帝です。いずれ近い将来、自分は廃止され、殺されてしまうかもしれません。苦悩する献帝は、伏《ふく》皇后の父伏完《ふくかん》に、「曹操を殺してくれ」と求めます。

でも、前に董承《とうしょう》らが失敗して皆殺しにされたことを思うと、気が気ではありません。

その心配が当たり、このときも事が露見して伏完、伏皇后は殺され、代わって曹操の娘が皇后に立てられます。

建安二十年（二一五）、曹操は、まず呉を攻め、つづいて劉備が取った蜀をという順でねらっていこうと考えましたが、夏侯惇《かこうとん》から、

「呉よりも先に、蜀に向うときの途中にある漢中の地を攻略すべきです」

と進言されます。なるほどと思った曹操は、漢中に軍を進め、漢中を平定します。それまで漢中に居すわっていた宗教家の張魯《ちょうろ》は降伏しました。

臣下たちは、当然のように、曹操に対して、

「漢中を取ったからには、つづいてこの勢いで蜀に進攻いたしましょう」

と勧めます。

司馬懿《しばい》や劉曄《りゅうよう》ら有能な部下たちも同意見でした。

しかし曹操は、

「人間は、これで十分満足だということを知らないから苦しむのだ。すでに隴《ろう》（漢中のあたりを指す）を得たのに、蜀《しょく》までほしがるなど、望むべきことではない」

と言い、蜀攻めに踏みきりませんでした。

これは後漢の光武帝《こうぶてい》（劉秀）が、

「隴を平げて、次に蜀を望むとは、欲望にキリがないことよ。ひとたび軍を出すごとに白髪が

グッと増えてゆくというのに」

と語った言葉にもとづくものです。

隴（蝋）を得たうえにさらに蜀（燭）までほしがるという掛け言葉でしょう。ロウソクのロウが手元にありながら、油を燃やす燭火《ともしび》までほしがるのか、ということでしょう。

実は、曹操は蜀への進攻をためらっていたわけでも、劉備や孔明との対決をこわがっていたわけでもないのでした。曹操は、

「自分がこの方面に深入りしすぎると、呉の孫権が軍を北上させてきた場合にめんどうなことになる」

と考えていたのでした。

実際に孫権は軍を動かして皖城《かんじょう》を取り、合肥《ごうひ》に迫りました。合肥を守る張遼《ちょうりょう》の奮戦で一度は孫権を斥けますが、孫権は軍を再編成して大軍で攻め寄せてきました。

こうなっては、蜀どころのさわぎではありません。曹操は夏侯惇《かこうとん》、張郃《ちょうこう》らを要所に残し、四十万の軍を従え、合肥・濡須《じゅしゅ》方面へと急がねばなりませんでした。


人苦不知足。既得隴、復望蜀（第六十七回）

既得隴復望蜀

辛卯正月 墅卿吳震書

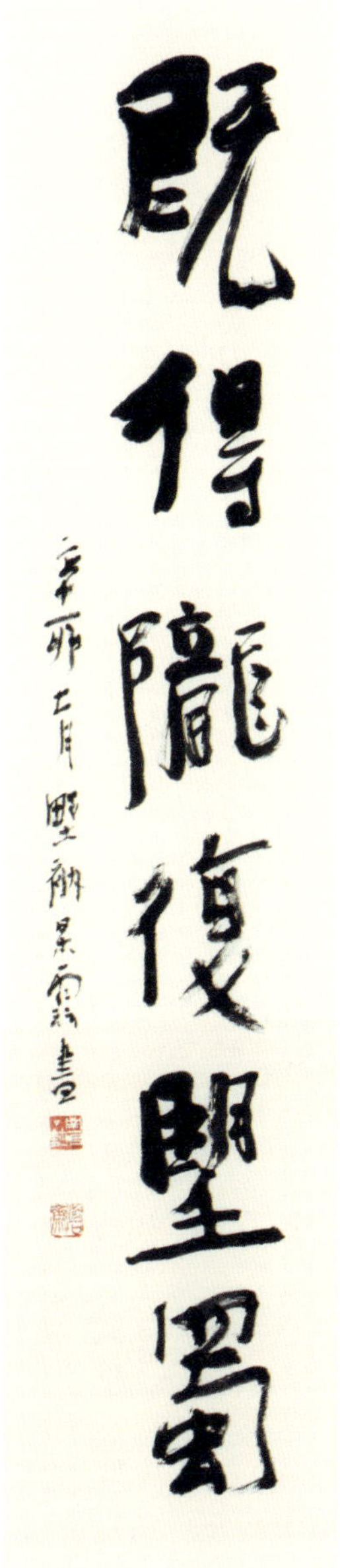

雞肋《けいろく》

以前に漢中を取ったときに蜀攻略を目指さなかったのがチャンスをのがすことになったのか、曹操は劉備に漢中を取られてしまいます。

あらためて漢中奪回の軍をおこしますが、膠着状態で時間ばかりが流れてゆきます。

ある日、夕食のときに、「雞肋（ニワトリのあばら骨）」とつぶやきましたが、誰にも意味がわかりません。

ただ一人、俊英の楊修《ようしゅう》だけは、引き揚げがあると見抜きました。

ニワトリの骨は、いいダシがとれますが、食べるべき身はほとんどありません。つまり、このまま漢中にこだわりつづけても利益はないという寓意《ぐうい》でした。

曹操は、正式の発令をする前に自分の意図を見抜き、先回りした楊修を危険人物として処刑してしまいます。楊修その人も「雞肋」のように捨てられてしまったのでした。

雞肋（第七十二回）

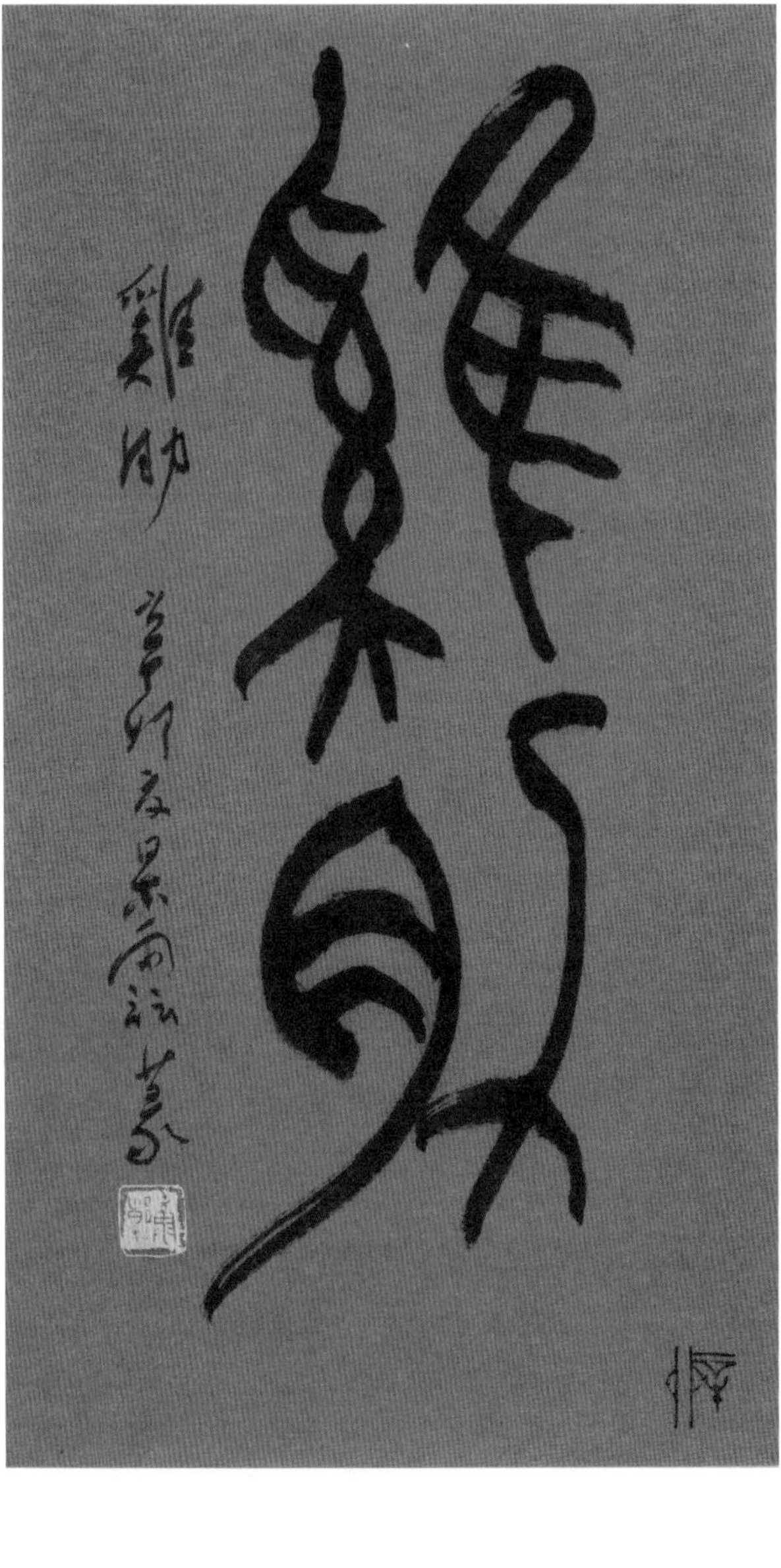

31 × 17 cm

初生《しょせい》の犢《とく》は虎《とら》を懼《おそ》れず

漢中の地を取った劉備が「漢中王」を名のりはじめたあと、荊州南部にいた関羽が軍を北上させ、樊城《はんじょう》に居すわっていた曹仁《そうじん》を猛攻しました。

その当たるべからざる勢いに、曹操は于禁《うきん》と龐徳《ほうとく》を派遣します。龐徳はみずからの柩《ひつぎ》を造って戦陣にのぞみ、決死の力をふるって関羽と渡りあいました。

「なかなかやるわい」

いったん帰陣してそう言う関羽に、息子の関平《かんぺい》は、

「生まれたばかりの子牛は、虎を怖がらぬと申します。よくわかっていないぶん、懼《おそ》れを知らないのでありましょう。くれぐれも御油断あそばされませんように」

と言うのでした。

戦いの奥義がわからないうちは、平気であぶないことをやってくるというのですが、一方の龐徳は相討ちでもかまわぬという気迫で、関平の見方とは少し違うのでした。

初生之犢、不懼虎（第七十四回）

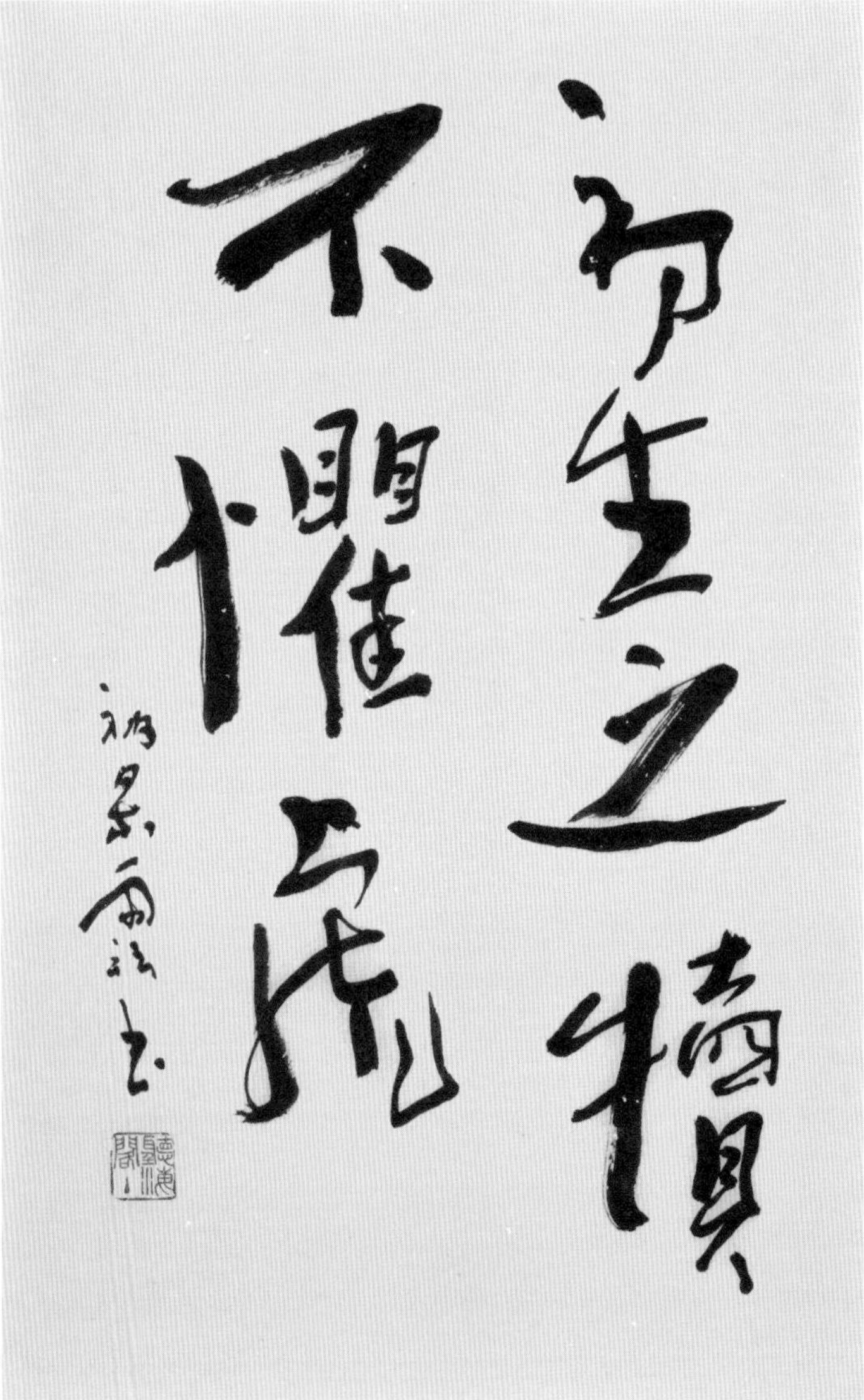

32 × 20 cm

某《それがし》は敢《あ》えて私《わたし》を以て公《おおやけ》を廃せず

荊州南部から関羽が北上して猛威をふるうのは、諸葛孔明にとって予定のコースでした。草庵を出る前からの天下構想で、

「荊州から洛陽《らくよう》を目指す軍と、蜀から長安《ちょうあん》を目指す軍による同時作戦で魏の曹操を揺さぶり、そして倒そう」というものです。ですから、蜀を取り、さらに漢中までをおさえた時点でこの構想実行の条件はととのっていたのでした。

でも、関羽の動きが早くて、蜀からの軍が長安めがけて出るのが間に合っていません。関羽の独断先行に見えなくもないのですが、要するに関羽が暴れる。曹操が全力で対応する。そのぶん力が分裂するところを衝《つ》こうとねらっていたのかもしれません。

たしかに関羽は強力で、曹操が送り出した于禁《うきん》を捕え、龐徳は善戦しましたが捕らわれ、斬首されてしまいました。

曹操は動揺し、「遷都《せんと》して関羽の鋭鋒《えいほう》をかわそうか」とさえ考えたほどでした。

そのとき進み出たのが、魏の名将徐晃《じょこう》でした。

徐晃は出陣すると、関羽の側の堅固な要塞「四冢塞《しちょうさい》」を突破して関羽に迫ります。

やがて徐晃と関羽は陣前で対峙しました。実は、関羽が一時的に曹操に降《くだ》っていたときに、徐晃は張遼《ちょうりょう》とともに関羽と親しくなっていたのでした。

ところが徐晃は、関羽に対して馬上から挨拶をおくったあと、いきなり配下の兵に、

「関羽の首を取った者には千金のほうびが与えられるぞ」

と叫びました。関羽が、

「ひとかたならぬ親交をむすんでいたのに……」

と言うと、徐晃は、

「今日の事は、国家のことです。わたくしは個人の事情で公《おおやけ》のことを曲げたりはいたし申さぬ」

と応じ、武器の大斧をふるうと、猛然と関羽に打ちかかっていきました。

関羽はその前に受けた毒矢の傷のせいで押され気味となり、さらにそれを見た樊城《はんじょう》の曹仁《そうじん》も城外に軍を出し、挟み撃ちにされます。

荊州の南郡（江陵）へ向かおうとする関羽に別の悲劇が襲いかかります。

南のほうから動き出した呉軍の呂蒙《りょもう》によって、関羽の配下にあった傅士仁《ふしじん》・糜芳《びほう》の二将が、

呉の側に降《くだ》ってしまっていたのです。これでは援軍が来るはずがありません。

関羽は呉の将軍たちに待ち伏せされては襲われ、麦城《ばくじょう》という小さな城に追いつめられてしまいました。

こうして揉みたてられるうちにも、関羽に従う荊州出身の兵たちに投降が呼びかけられ、さらに孤立は深まってしまいます。

呉がなぜこのように動いたのかと言えば、関羽が猛威をふるって荊州にどっかと居すわられていては、呉の孫権にとって、はなはだ都合が悪く、不愉快であったからです。魯粛の「天下二分の計」の実現のためには、まず荊州を取らねばならない、つまり荊州は必争点として浮かびあがっていたからなのでした。

孫権とて非情な人間ではなく、孫権の息子と関羽の娘との縁談を打診したりして、妥協点を探そうという動きを示していましたが、関羽はそれを断固拒絶してしまったのです。

配下の傅士仁・糜芳も、あとで関羽から陣中失火の落ち度をきびしく咎《とが》められるのをおそれていたので、呉軍に降りました。厳格であることのもろさが浮かびあがってしまったのでした。


今日乃国家之事。某不敢以私廃公（第七十六回）

其三敢以
私廢公

辛卯首伏
神墨雨林書

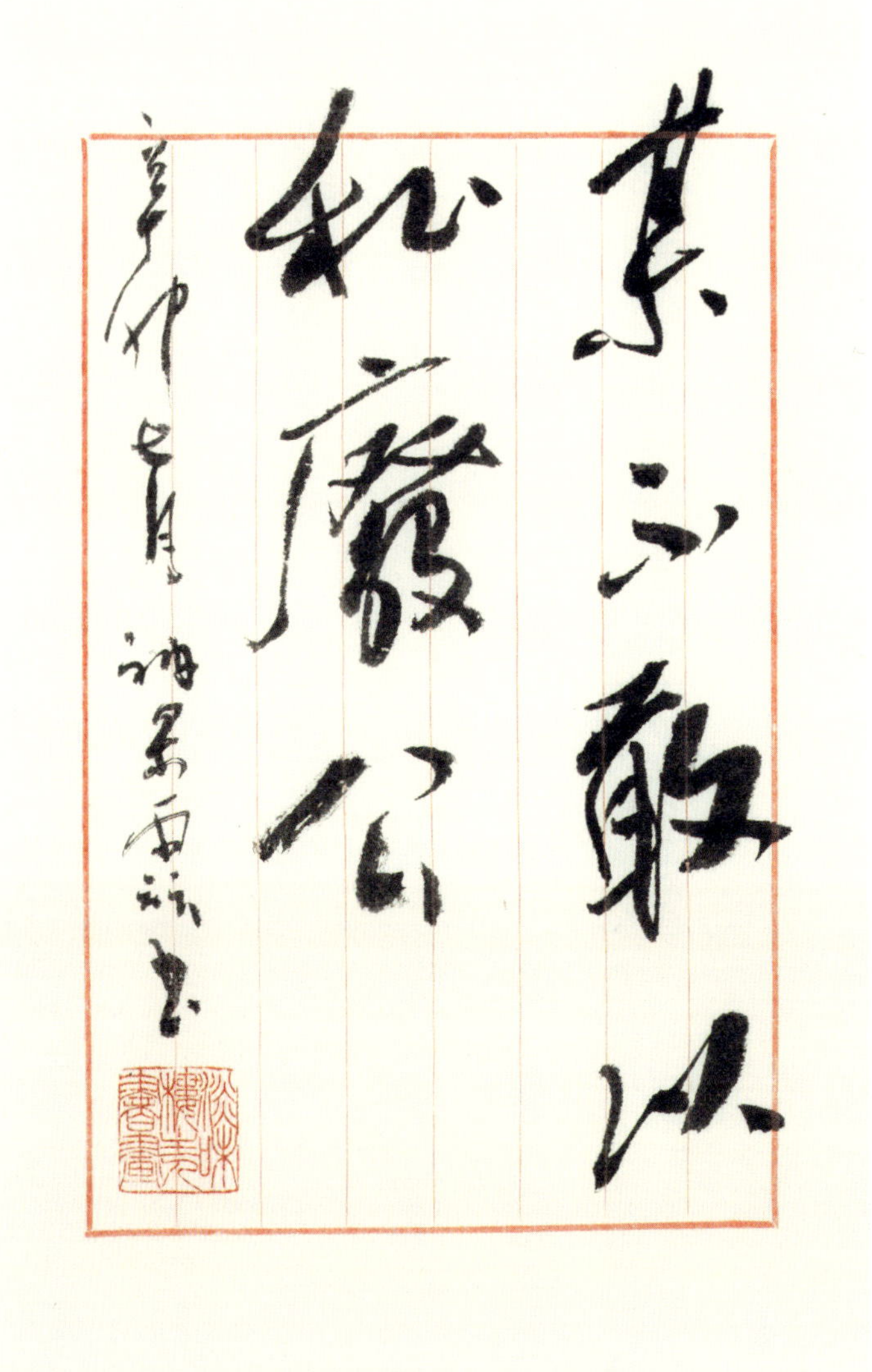

玉《ぎょく》は砕くべきも、その白きを改むべからず

麦城で孤立した関羽は、上庸《じょうよう》にいた劉封《りゅうほう》・孟達《もうたつ》に救援を要請しますが、いくら待っても二人は駆けつけて来ません。

「どうせ行っても、自分たちまで犬死にするのがオチだ」

と救援を拒否したからです。

やがて麦城に諸葛瑾《しょかつきん》が来て投降を勧めました。諸葛瑾は諸葛孔明の実の兄で、呉の孫権に仕えています。

しかし、関羽は、その説得に応じようとせず、

「玉は粉砕することはできるが、その本質である白さを変えることはできない。竹は焚《や》くことはできるが、その節《ふし》は変えられない。自分も根本の性質と節義を曲げることはありえない」

と応じるのでした。

結局、関羽は息子の関平《かんぺい》とともに捕われ、みずから処刑される道を選んだのでした。

玉可砕、而不可改其白（第七十六回）

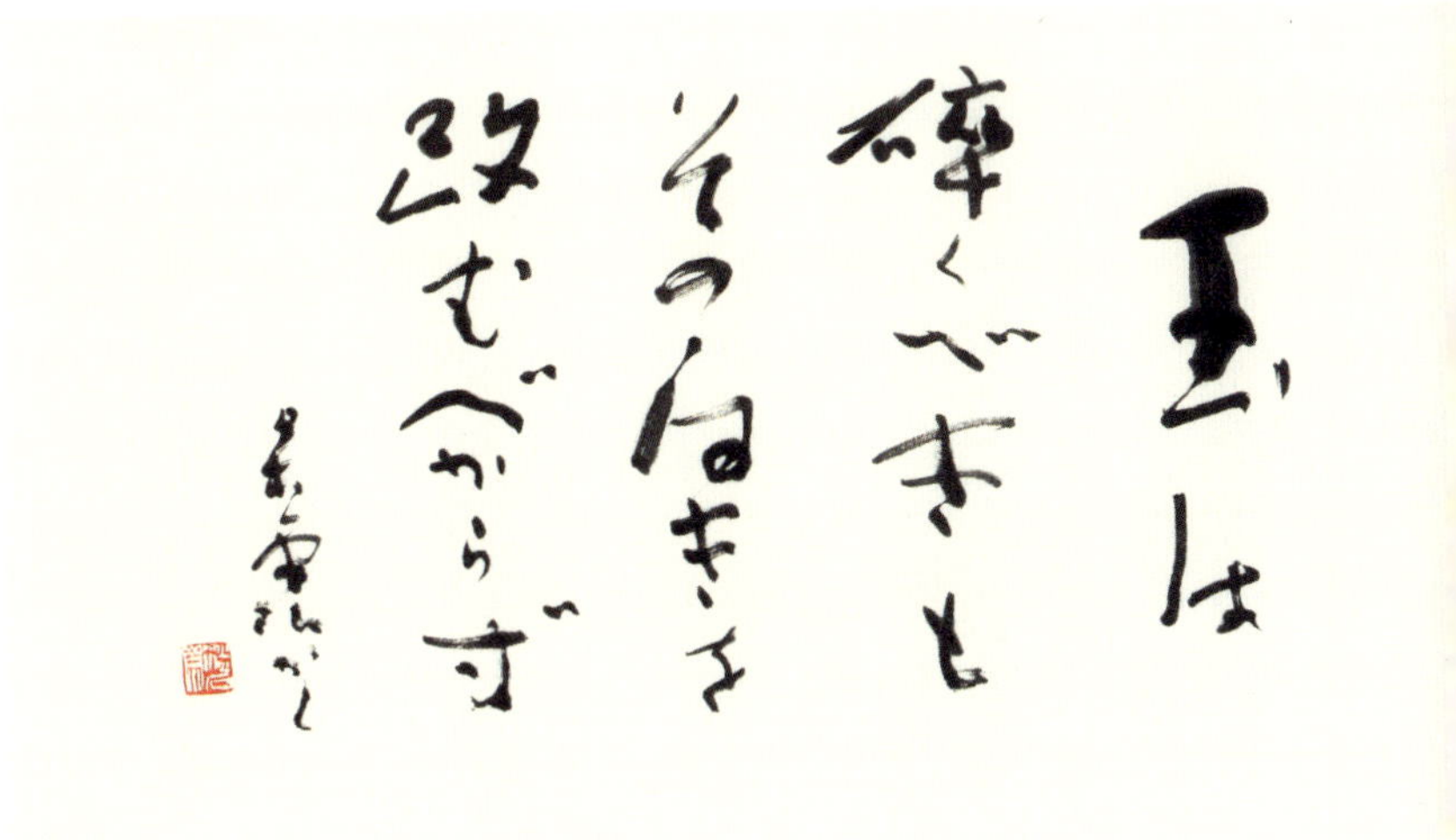

37×67cm

第三章

時は流れゆく

世代交替がすすみ、曹操も劉備も世を去ります。

でも、決着がつくまで戦いは終わることはありません。

天下三分の形勢も、膠着状態がつづき、緊張がとける日は、なかなか訪れそうにありません。

それなのに、時間ばかりは容赦なく過ぎ去り、魏も蜀も呉もそれぞれのなかでの世代交替と権力闘争がくりひろげられます。

劉備なきあとの蜀を支えた諸葛孔明の奮戦にも限界があり、孔明なきあとは国力が衰え、滅亡へと向かいました。

呉は、孫権が長生きしたおかげで、体制を維持できましたが、その孫権が世を去ると、統一のシンボルが欠けてしまったかのように弱体化してしまいました。

全体をリードしていたはずの魏も、曹操のあとを受けた曹丕が短命で死去すると、あとは尻すぼみとなり、やがて司馬氏に国を乗っ取られることになってしまいます。

司馬氏は、曹操の代から仕え、諸葛孔明の北伐を迎撃した司馬懿《しばい》がいつしか力を持ち、その息子の司馬師《しばし》・司馬昭《しばしょう》の代でついに魏の実権を掌握し、その次の司馬炎《しばえん》の代で完全に国を奪って晋《しん》を建国しました。

そして、この晋の司馬炎が呉を滅ぼし、ついに天下が統一されます。

最初に黄巾の乱が起きてからおよそ百年です。

あらためて感じることは、悠久の時の流れと人間の人生の対比です。

英雄には乱世が必要ですが、時の流れは果たして英雄を必要としていたのでしょうか。

もし其《そ》れ不才ならば、君、みずから成都の主となるべし

歴史というものは、歯車がひとつ狂うと連鎖反応的にいろいろな変化がめまぐるしく起きるもののようです。関羽の死が伝えられると、劉備・張飛のなげきは他人の想像以上に深く激しいものでした。無理もありません。「同じ日に死のう」と誓ったあの旗あげの日以来、辛苦をともにしてきたのですから。

劉備は、背後から関羽を攻めた孫権に絶対に復讐してやると怒りました。

孫権は劉備の勢いをおそれ、曹操に降《くだ》って臣下となることで、身の安全をはかります。

が、その曹操も建安二十五年（二二〇）正月に病死し、あとを曹丕《そうひ》が継ぎました。

曹丕はすぐさま献帝に譲位を迫り、ついに後漢は滅亡し、曹丕は魏の国の皇帝となりました。

劉備は、

「そのような暴挙は許しがたい」

と、蜀でみずから漢の皇帝の座にのぼることを宣言しました。これを蜀漢と呼びます。

帝位にのぼった劉備は、「皇帝の意志である」として、呉の孫権を征伐する軍を率い、みずから指揮・進攻しました。

「真の敵は魏の曹丕のほうです」

という意見も強かったのですが、劉備は誰の言うことも聴こうとしません。

おそらく劉備の心のうちでは、関羽の仇を討ちたいという強い気持ちと、呉を叩いて荊州の南部に拠点を回復すれば、次にそこから自分が洛陽に、そして蜀からは諸葛孔明が長安へという同時進攻作戦が行えるというねらいがあったのでしょう。

もちろん、その思いは張飛にも共通しますが、直情的な性格の張飛は、仇打ちにはやるあまり、部下に無理な要求をして寝首を掻《か》かれるという悲劇的最期をとげてしまいます。

張飛を殺した部下は、張飛の首を持って呉に逃げこみました。一人残されることになった劉備は、激怒の頂点で呉に襲いかかってゆきます。

そして圧倒的威力で陣を連係させ、七百里にもおよぶ地域をおさえました。

一方、呉はそれまで無名に近かった陸遜《りくそん》を起用します。陸遜はじっと劉備の疲れを待ち、劉備の連係する陣地をひとつおきに襲って連絡を遮断し、一気に攻勢に出ました。

敗れた劉備は白帝城《はくていじょう》に退却し、腰を落ちつけますが、やがて章武《しょうぶ》三年（二二三）、白帝城改《あらた》め永安宮で病床に伏した劉備は、枕頭に諸葛孔明を呼んで後事を託すべく遺言をしました。

ひとつは、息子の劉禅《りゅうぜん》のことです。

「孔明よ。君の才能は曹丕などの十倍以上だから、必ずや国をうまく運営してゆけるであろう。もし息子の劉禅が輔佐するに値《あたい》する人間であったら、輔佐してやってくれ。もし劉禅の才能がなく輔佐に値しないようであったら、君がみずから成都（蜀の都）の主人としてやっていってくれ」

孔明は、そこまでの評価をしてくれていたことに感激をあらたにしました。

もうひとつは、

「馬謖《ばしょく》だが、君は彼を高く買っているように見える。しかし、彼は口先だけの男であるから、くれぐれも重く用いてはならぬぞ」

ということでした。まさかこの言葉が当たろうとは、さすがの孔明も見通すことはできなかったのです。

関羽・張飛・劉備そして曹操も亡くなり、時代はついに新たな局面を迎えることになりました。


如其不才、君可自為成都之主（第八十五回）

如其不才君可自為成都之主

辛卯七月
淡州吳南蓀

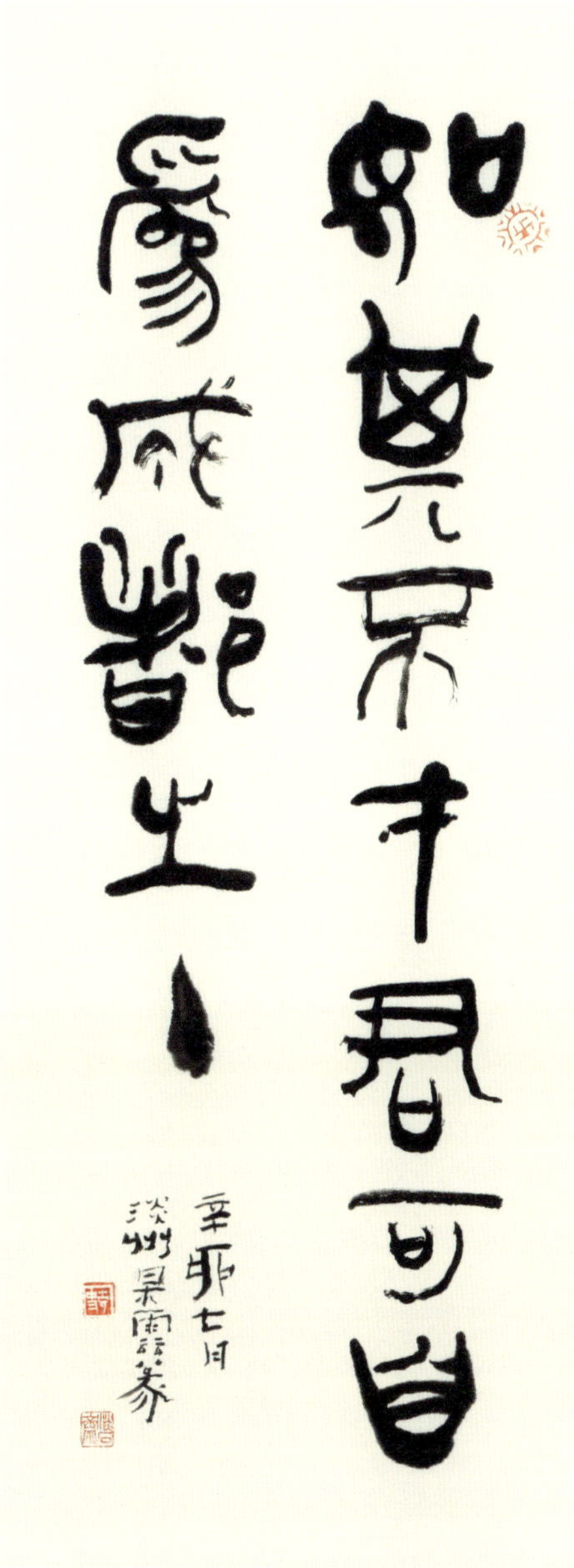

心を攻むるを上《じょう》と為《な》し、城《しろ》を攻むるを下と為す

劉備の死後、蜀の南方で異民族が反乱を起こしました。諸葛孔明が馬謖《ばしょく》に意見を求めると、「大軍を差し向ければ言うことを聞きますが、また叛《そむ》きます。魏に対する北伐の際に叛かれては面倒です。兵法の極意は、敵の心を攻め、心から従わせるのが上策で、城攻めは下の策です」と答えました。

「君は私の肺腑《はいふ》まで見通している」

と感心し、いっそう評価を高めます。

このあと、孔明は、南方異民族の王・孟獲《もうかく》と戦い、「七擒七縦《しちきんしちしょう》」（七たび擒《とら》えて七たび縦《ゆる》す）」の故事をおこない、心の底からの服従を得たのでした。

こうして馬謖への信頼は高まったわけですが、あくまでもこれは、戦争の理論の上の話で、実戦でもうまくやれることを必ずしも意味してはいないのでした。

攻心為上、攻城為下（第八十七回）

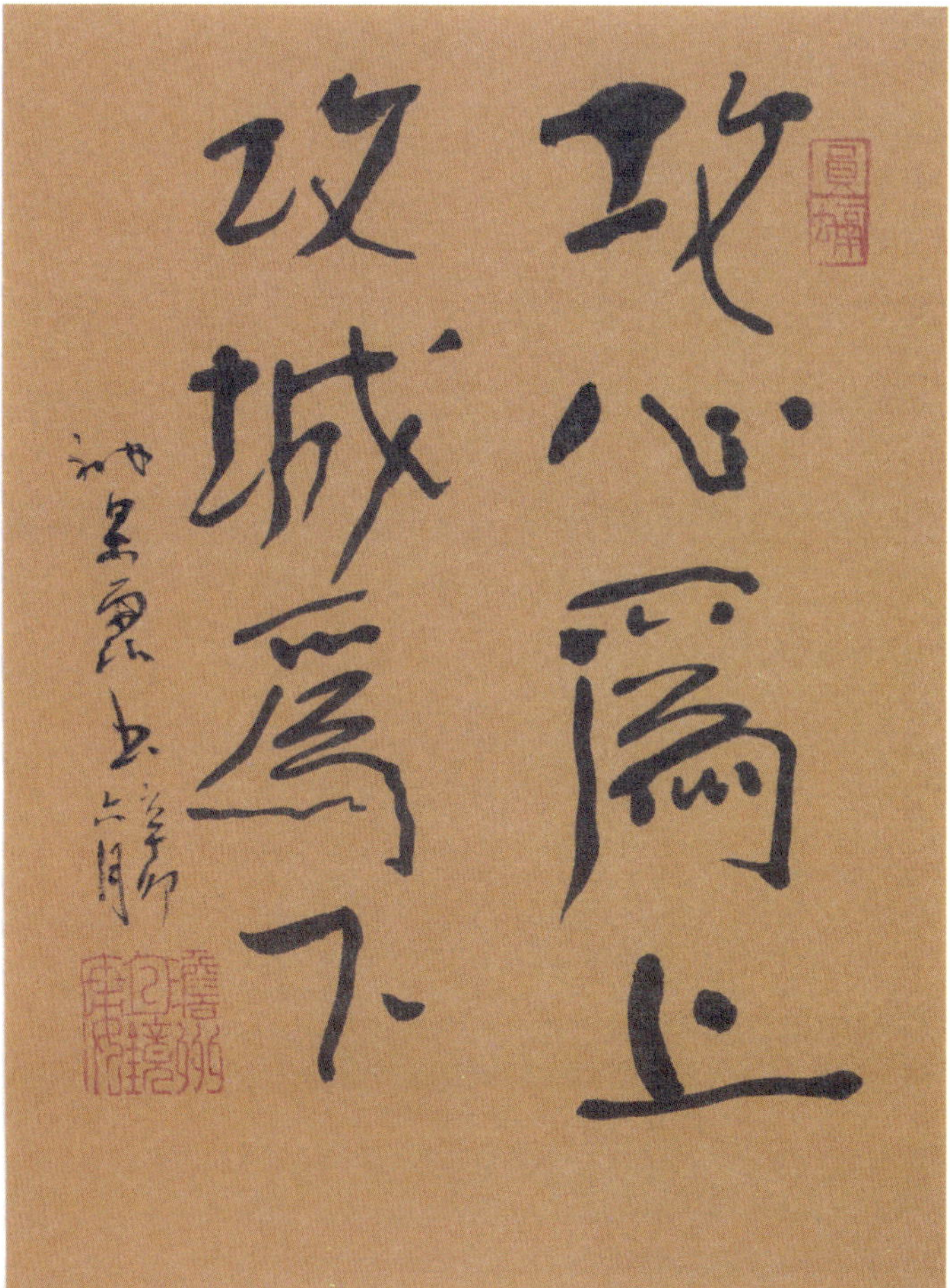

28×21cm

賢臣に親しみ、小人を遠ざくるは、此《こ》れ先漢《せんかん》の興隆せし所以《ゆえん》なり

建興五年（二二七）、諸葛孔明は劉禅に「出師《すいし》の表《ひょう》」をたてまつり、漢中まで軍を動かしました。魏に対する北伐の意義と、成都に残る劉禅のなすべき心得について、まっすぐな飾らぬ筆致で書かれた文章です。その中で、

「賢臣に親しみ、つまらぬ人間を遠ざけたことが、先漢（前漢というに同じ）が興隆できた理由であり、その反対が後漢が傾きくずれた理由です」

と言っています。

孔明が戦場に出てしまっていて近くにいない状態で、良からぬ人間（ひょっとすると、敵国の魏に通じている人間かもしれません）の言うことに惑わされたりしたら、大変です。

慎重に、かつ冷静に国内を治めていてもらわねばなりません。

その孔明を迎え撃つのは、司馬懿《しばい》（字《あざな》は仲達《ちゅうたつ》）、曹真《そうしん》らでした。

親賢臣遠小人、此先漢所以興隆也（第九十一回）

親賢臣遠小人
此先漢所以興隆

や

又賢臣に親み小人を遠ざくるは此れ先漢の
興隆せし所以なり

淡州 潮音訥叟雨詩書日 辛卯六月 東慶

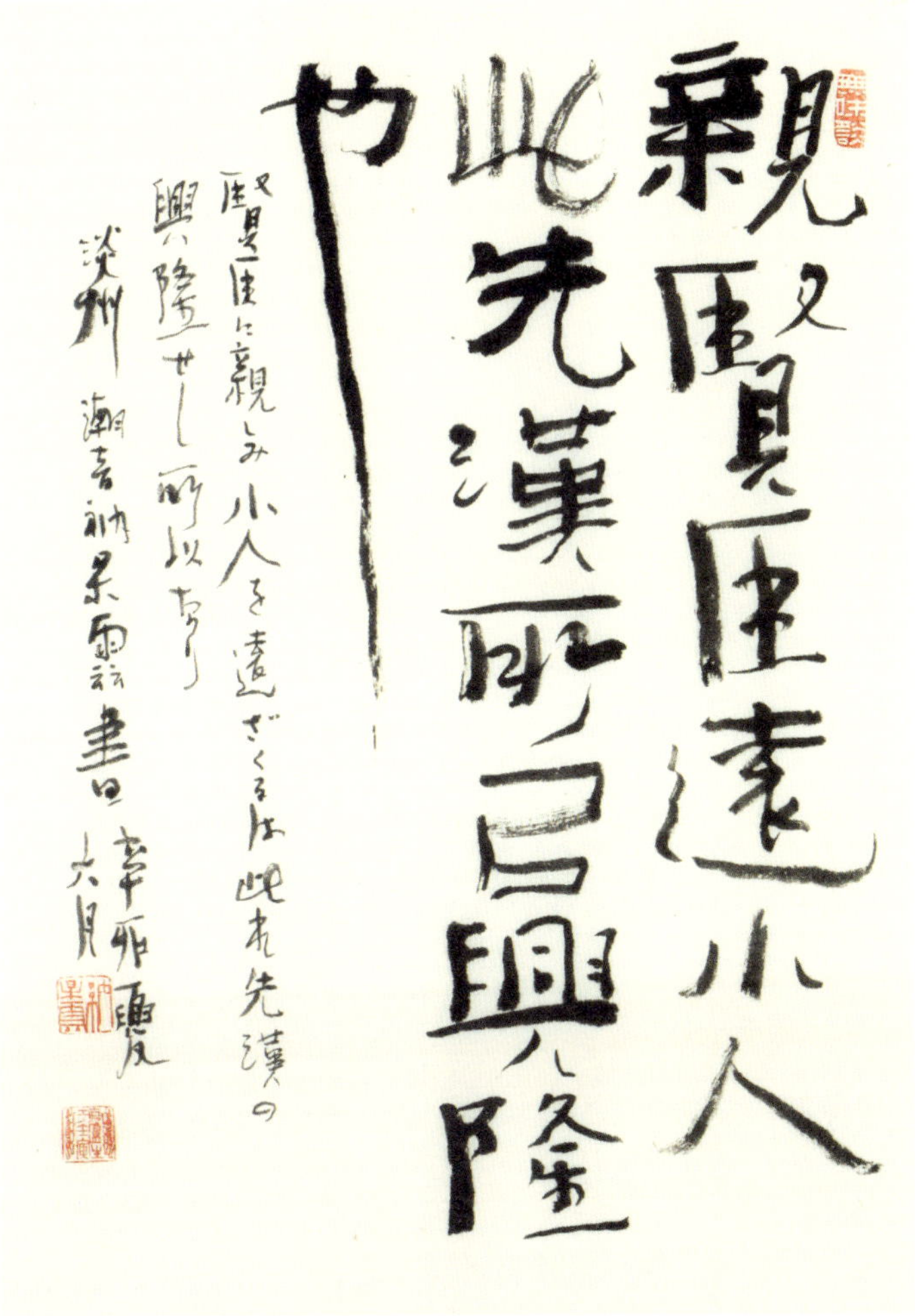

事を謀るは人に在り。事を成すは天に在り

諸葛孔明の北伐が始まりました。蜀軍の先鋒は期待の馬謖です。しかし馬謖は街亭《がいてい》で布陣する際に、孔明の指示を無視して山の上に位置をとりました。

魏軍の将は、もともとは袁紹《えんしょう》の配下であった百戦錬磨の張郃《ちょうこう》で、馬謖の布陣を見るや、すかさず周囲を包囲して水の補給路を断ってしまいます。

これで浮き足だってしまった蜀軍の兵はパニック状態となり、もろくも総崩れ。孔明の北伐は失敗してしまいます。

孔明は、今さら劉備の遺言を思い出し、後悔しますが、時すでに遅し。有名な「泣いて馬謖を斬る」の故事とあいなりました。

このあと全部で六回の北伐を行ないますが、蜀軍の体制は必ずしも一枚岩ではありませんでした。たとえば魏延《ぎえん》は、

「自分に軍を与えてほしい。自分がまず長安への間道を進んで襲撃を行なうから、本隊は基本のコースで合流していただければ……」

と提案したりしました。孔明がこれを斥《しりぞ》けると、魏延は「度胸がない」と非難しました。もうひとつ、本拠地の蜀から遠く離れ、進軍をすればするほど、食糧の補給線は長くなる一方です。その不利もあります。

そのへんがわかっている司馬懿は、孔明につけいる隙を与えなければいいという心構えでいますから、なかなかうまく行きません。

それでも孔明は、魏延をおとりにして上方谷《じょうほうこく》に司馬懿・師・昭の父子を誘いこむことに成功しました。

上方谷は、入り口も出口も狭く、谷の中には火薬を準備し、そこに火を放ちました。

これで司馬懿らは終わりかと思われたそのとき、突然、にわか雨が降り、火を滅《け》してしまいます。

孔明は、

「物事を謀るのは人間だが、物事を成しとげるのは天なのだ」

と歎きました。

このあと、司馬懿はひたすら持久戦をねらい、陣を固めるだけで、外に出なくなってしまいます。

孔明は、女性用の衣服や装飾品を司馬懿に送り届け、

「男なら、出て来て戦え」

と、差別的な挑発をおこなったりしましたが、司馬懿はわざとうやうやしく受け取ってみせ、挑発にのってくることはありません。

その後、孔明は木牛《もくぎゅう》・流馬《りゅうば》のような輸送道具を作ったり、魏の領内で屯田《とんでん》することで食糧不足を補おうとしますが、なかなか思ったような効果があがりませんでした。

この一連の北伐のなかで、姜維《きょうい》という人材を得られたことは収穫でしたけれども、年月の経過とともに将軍の世代交替もすすみ、長年にわたって活躍してきた名将趙雲《ちょううん》も世を去ってしまいます。孔明の嘆きは深まるばかりでした。

建興十二年（二三四）、孔明は五丈原《ごじょうげん》の陣中で病を発し、天に祈って寿命をのばそうとしましたが、魏軍の襲来を告げるために駆けこんできた魏延が、祈りの灯火《ともしび》を滅《け》してしまいます。

「これも天命か」

孔明はいよいよ追いつめられました。馬岱《ばたい》を呼んで秘計を授け、姜維に兵法を伝授すると、しずかに陣中を見回りました。肌を刺すような秋風が吹いていました。

謀事在人、成事在天（第百三回）

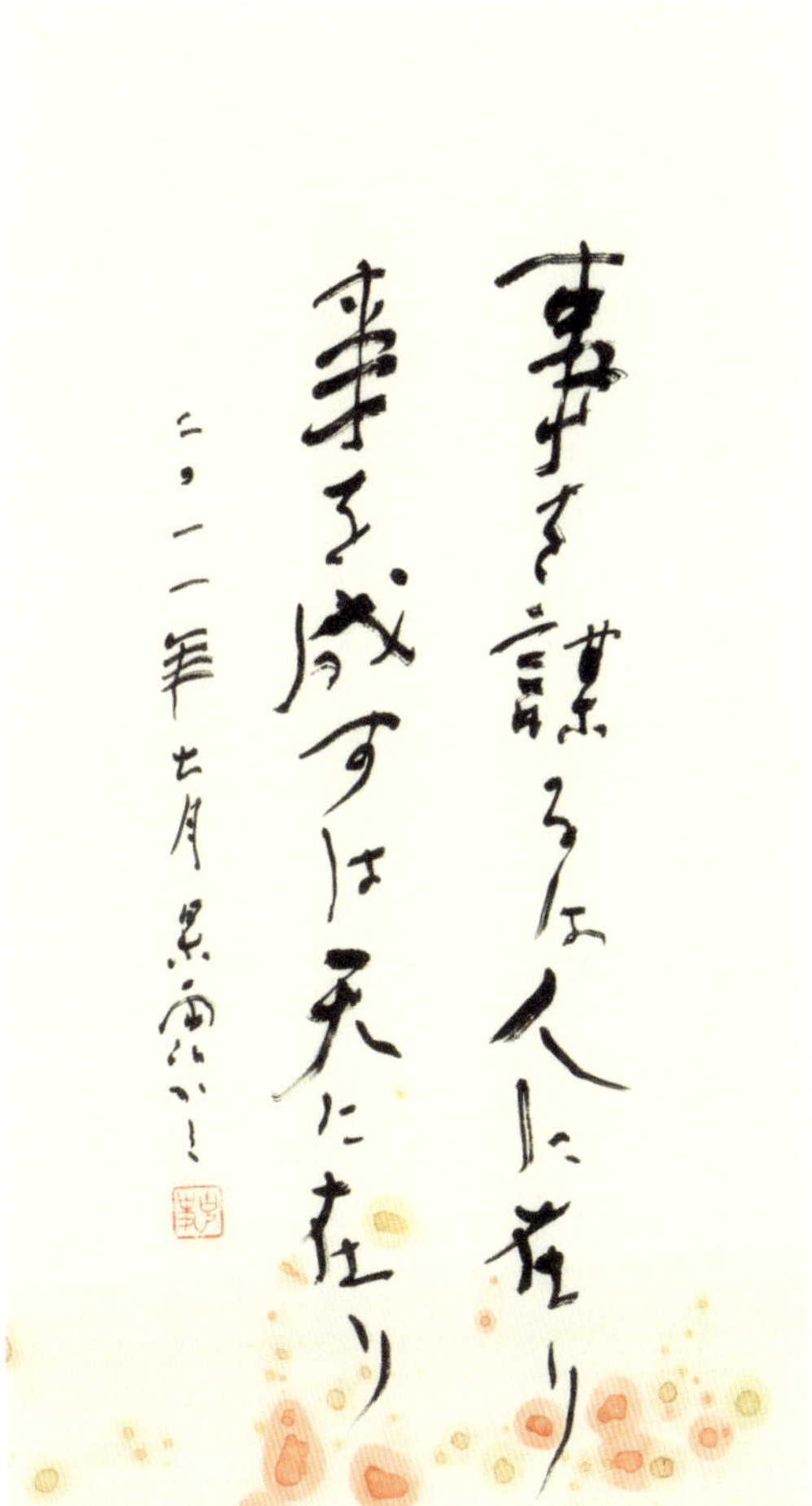
事を謀るは人に在り
事を成すは天に在り
二〇一一年七月

65×28cm

死せる諸葛、よく生ける仲達を走らす

夜、将軍の命運を象徴する「将星《しょうせい》」が堕《お》ちたことで孔明の死を確信した司馬懿は、退《ひ》いて行く蜀軍の追撃にうつりました。ところが、蜀軍は急に向きを変えて向かってきます。その先頭に端座する諸葛孔明。

司馬懿は驚きあわて、逃げ出しました。実はその孔明は木像だったのです。ここから、

「死せる孔明が、生きている司馬仲達を走らせた」

と言われました。司馬懿は、

「死んでいる人間のやることは見当がつかん」

と言ったとのことです。

もとから不満を訴えていた魏延は、孔明が秘計を与えておいた馬岱が斬り殺し、蜀軍は無事に本国に帰還できました。でも、魏や呉に対する戦いは終わったわけではありません。孔明亡きあと、どうやっていくかが最大の課題となりました。

死諸葛、能走生仲達（第百四回）

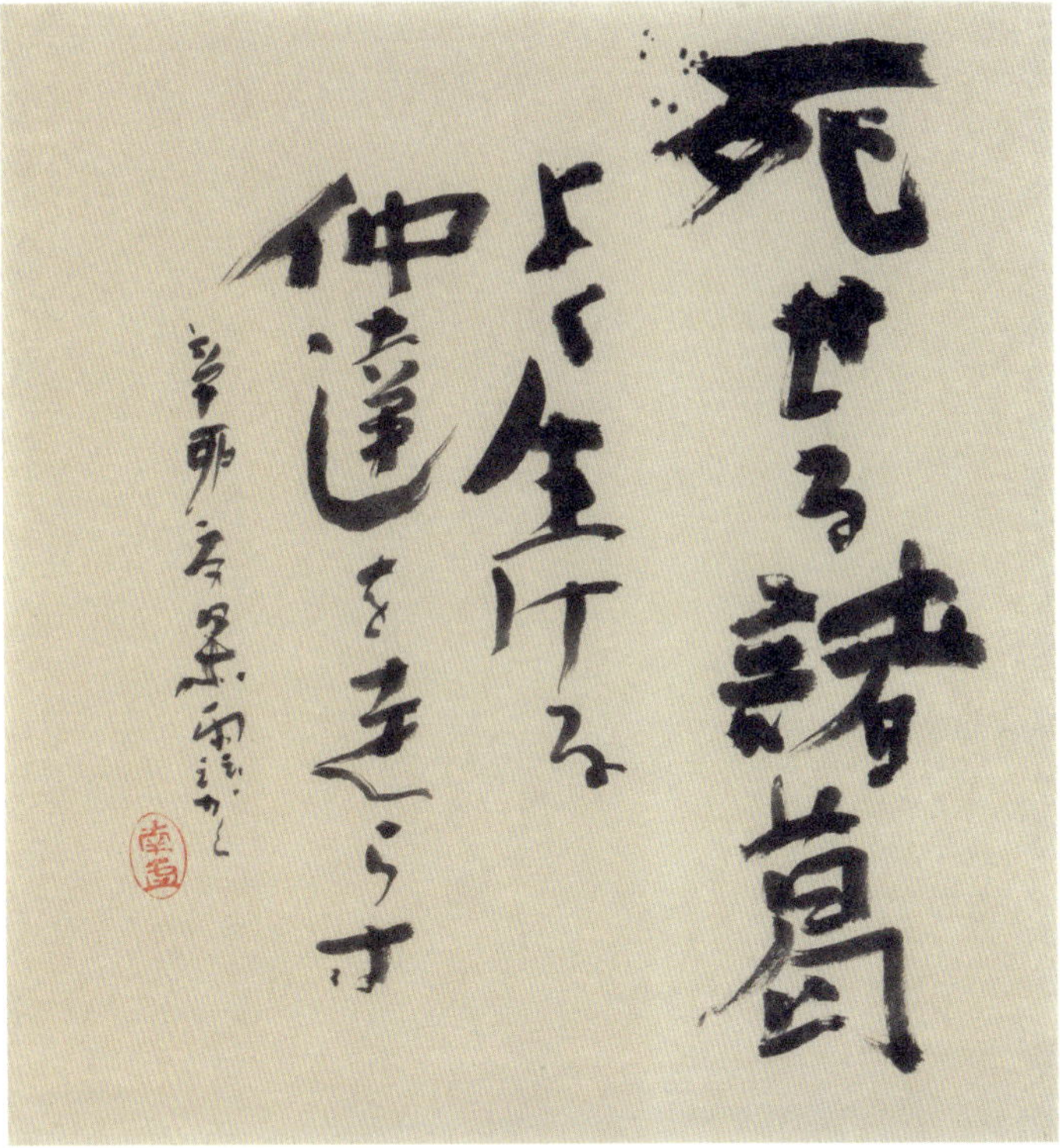

43×42cm

駑馬は桟豆《さんとう》を恋う

魏の黄初《こうしょ》七年（二二六）、後漢の献帝を譲位させ魏国皇帝となった曹丕《そうひ》が数え四十歳であっけなく病死し、その子曹叡《そうえい》が帝位を継ぎました。

ですから、諸葛孔明の一連の北伐の相手の大半は曹叡に向けられたものでした。そしてその曹叡も在位十三年で死去し、幼い曹芳《そうほう》が即位しました。

諸葛孔明を食いとめ、遼東の地も平定した司馬懿に対する曹叡の信頼はますます深く厚いものだったのですが、曹叡のあとの曹芳はさらに幼いわけです。これを快く思わない（それどころか危険視する）人々もいました。

その代表的な存在が曹爽《そうそう》で、彼は司馬懿とともに、孔明の北伐を迎撃した曹真《そうしん》の息子です。司馬懿父子に魏の国を乗っ取られてはいけないと考え、司馬懿を太傅《たいふ》（皇帝の相談役）とし、政治権力から排除しました。

これで安心して油断が生じたか、曹爽は仲間たちと大がかりな狩りに出ます。

そこをチャンスと見た司馬懿は、すかさずクーデターを起こしました。

曹爽は狩りの前に、李勝を派遣して司馬懿の様子を探らせていたのですが、司馬懿はわざと意識が混濁しているかのような妙な受けこたえを演じてみせ、油断を誘ったのでした。

しかし、曹爽の仲間の一人で「智嚢《ちのう》（知恵袋）」というアダ名を持つ桓範《かんはん》が都を脱出して曹爽のもとに走ったことを知り、驚きます。

その時、司馬懿の側の重臣で、人を見る眼に定評のある蔣済《しょうさい》が、

「心配いりませんよ。質の悪い馬は、粗末なかいば桶の中の豆を欲しがると言うではありませんか。桓範の知恵を生かすことなどできっこありませんよ」

と言うのでした。

実際、曹爽は、

「お前の軍権を奪うだけだ」

と呼びかけられ、のこのこと戻ったところを捕われ、処刑されました。

この結果、司馬懿・師・昭父子の権力は万全のものとなりましたが、こういう事態こそ、曹爽たちがおそれていた「国の乗っ取り」を予感させるものでした。

やがて司馬懿は本当の病気にかかり、司馬師・司馬昭に、

「私は重い権力を持ったことで、つねに国家を私《わたくし》するのではないかと疑われつづけてきた。

何事も企てていなくてさえ、そうなのだ。お前たちも、行動はくれぐれも慎重にな」

と言いのこして世を去ります。

クーデターから二年後の嘉平《かへい》三年（二五一）のことでした。司馬懿というと老練・老獪《ろうかい》なイメージがありますが、諸葛孔明（一八一生まれ）より二歳年長（一七九生まれ）なだけです。

時代は動いています。

世代は司馬師・司馬昭の時代です。これはほかの国にとっても同じで、蜀は劉禅の時代、呉では、諸葛孔明の兄諸葛瑾《しょかつきん》（二四一没）、陸遜《りくそん》（二四五没）らもすべて亡く、孫権もまた司馬懿に遅れること一年（二五二）で没しています。

孫権の晩年は、ほしいままに太子を変えたりして、落ちつきません。そんなゴタゴタから、さきほどの陸遜は憤死してしまったのです。

このとき呉の実権は諸葛恪《しょかつかく》の手にありました。彼は諸葛瑾の子で、幼少のころから才能にあふれていましたが、切れすぎるというので諸葛瑾はむしろその将来を憂慮していた人物でした。

駑馬恋桟豆（第百七回）

34×35cm

威《い》、その主《しゅ》を震《ふる》わす。何ぞ能《よ》く久しからんや

呉の年号での建興二年（二五三）、孫権の死の翌年のことです。

呉の国の実権を握っていた諸葛恪《しょかつかく》が殺されました。殺したのは孫峻《そんしゅん》で、彼は孫権の父孫堅《そんけん》の弟孫静の曾孫です。孫峻は、孫権の後を継いで呉の皇帝となった孫亮《そんりょう》が諸葛恪の専横をなげいたことから、凶行に踏みきったのでした。

このニュースは魏にも伝わり、魏で諸葛恪と同様に力を持っていた司馬師を驚かせますが、張緝《ちょうしゅう》という大臣は以前から、

「諸葛恪はその力がありすぎて主君をおそれおののかせている。そんな人間が長つづきするはずはない」

と予言していたのでした。

でも、専権をふるう大臣が消されたことで、呉の政局は安定しませんでした。かえって国家の軸が失われた結果となり、結局滅亡へと向かうのでした。

威震其主。何能久乎（第百八回）

感じのうえを雲わす
すで悔しく久しかるらん

　　　　　會津八か

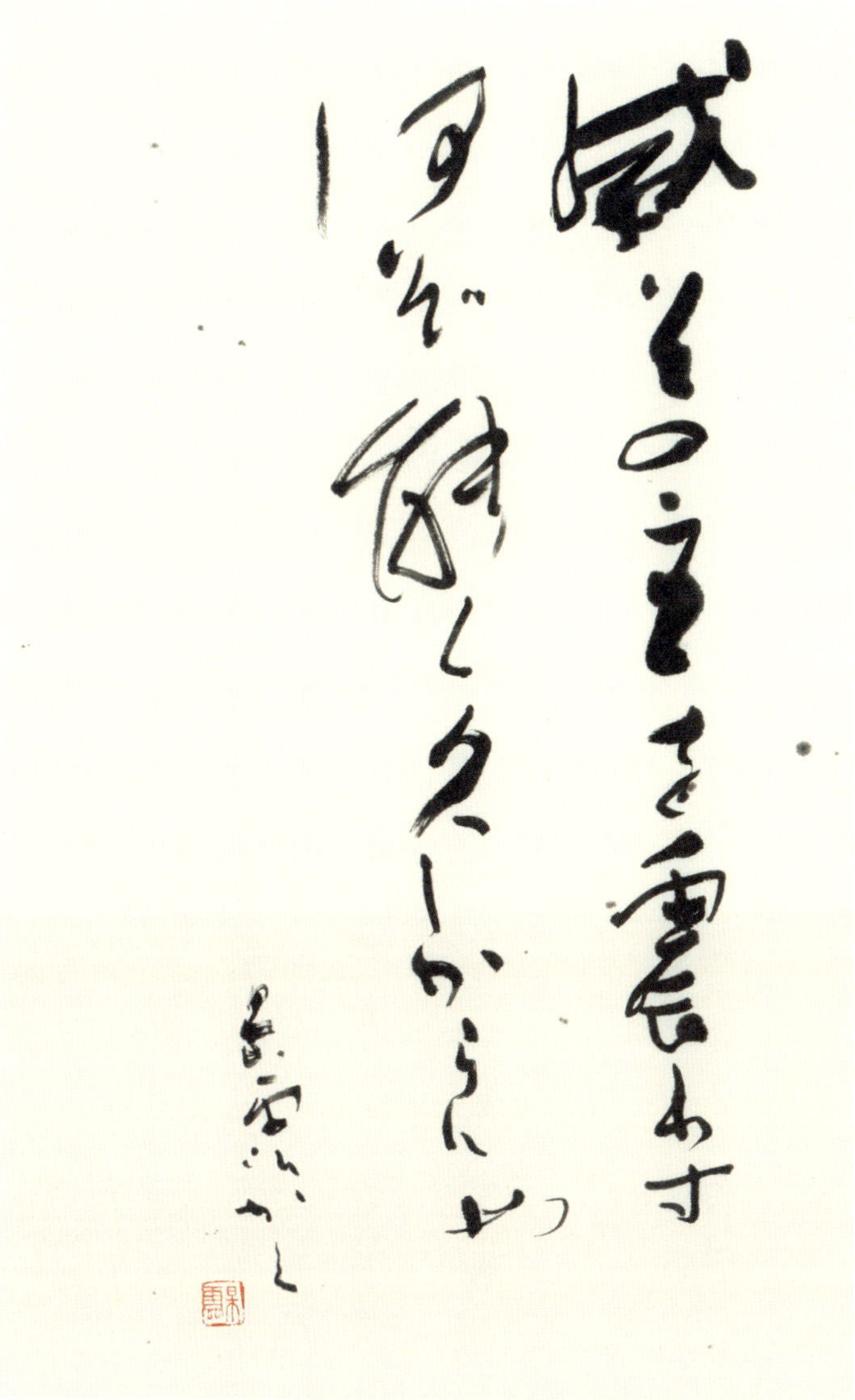

破竹の勢いのごとし

諸葛孔明亡きあと、それなりに国を保ってきた劉禅でしたが、宦官の黄皓《こうこう》にあやつられ、しだいに国力は衰えました。孔明のあとを受け、北伐に熱心な姜維《きょうい》が使う軍事費も多額で財政を圧迫しました。

そんな疲弊につけこむべく、ついに司馬昭の命令で、鄧艾《とうがい》と鍾会《しょうかい》が二方面から同時進攻を仕かけ、ついに劉禅は鄧艾に降伏し、蜀漢は滅亡してしまいます（二六三年）。

孔明の構想の「荊州から洛陽へ、蜀から長安へ同時進攻」という二方面作戦を逆にやられてしまったかっこうでした。

では次に呉へとなるのかと思えば、そうではなく、先に魏の国自体が司馬氏に乗っ取られ、呉よりも早く無くなってしまいました。

司馬昭の子司馬炎が、魏の最後の皇帝曹奐《そうかん》に譲位を迫って、魏国を滅ぼし晋《しん》を建国してしまったのです（二六五年）。

蜀漢の滅亡から、わずか二年後でした。

そのころ呉の皇帝になったのは、孫皓《そんこう》でした。はじめは良君になるかと期待されたのですが、帝位にのぼってからがいけませんでした。

国民の負担などは考えもせず、建業《けんぎょう》から上流の武昌《ぶしょう》に遷都を強行し、あとでまた戻したり、自分にさからう臣下に対し、顔面の肉をそぎ落とすというような残虐な刑罰をおこなったり、さらに宦官の岑昏《しんこん》をかわいがって政治はめちゃくちゃでした。

さらに、荊州の襄陽のあたりを守っていた名将陸抗《りくこう》が死去しました（二七四年）。陸抗はかの名将陸遜《りくそん》の子で、彼がいるかぎり呉の攻略は簡単にいかなかったのです。

そういう情勢をじっくりと見極め、ついに司馬炎は呉征伐に踏みきります。魯粛の構想した「天下二分の計」では、呉が荊州を取り、次に蜀も取り、北の曹操との南北対決をねらったのですが、こちらも蜀を取った晋がさらに呉の力の失われた荊州をおさえ南北対決へと雪崩れこんできたのです。

蜀からは王濬《おうしゅん》の戦艦が長江を下って押し寄せます。陸路の荊州方面には杜預《とよ》・王戎《おうじゅう》らが進みます。

なかでも杜預は知勇兼備の将軍で、戦場でも学問を欠かしませんでした。『春秋左氏伝《しゅんじゅうさしでん》』をこよなく愛し、その注釈書は今日もなお研究の指標となっています。

晋の将軍たちのなかにも、胡奮《こふん》のような慎重派もいたのですが、杜預は積極的に、一気に勝負を決してしまうべきであるという立場で、

「ここまで勢いづいているのですぞ。竹を破《わ》るような勢いではありませんか。たてに裂けめを入れた竹の節を次々に割ってゆくように、あと数節の時間（一節は十五日）で呉を平定できるのです」

と主張しました。

かくて一斉攻撃となり、呉は滅亡してしまったのです。

呉軍の中には、丞相の張悌《ちょうてい》のようにあくまでも忠節を守って戦死する者もいましたが、ほとんどの呉軍の兵は戦闘意欲を失っていました。

無理もありません。

呉帝の孫晧のために死ぬなんて冗談じゃないというのが、彼らの偽らざる心境だったのです。

後漢の末年は、宦官が政治に介入し、皇帝をあやつって弱体化し、滅亡したのでした。蜀も呉も宦官を妄信《もうしん》して滅びました。歴史は繰り返しました。

時に西暦二八〇年。一八四年の黄巾《こうきん》の乱から約百年、再び天下統一のときを迎えたのでした。

如破竹之勢（第百二十回）

69 × 36 cm

臣、南方に於《お》いて、また此《こ》の座《ざ》を設けて以《もっ》て陛下《へいか》を待てり

エピローグをひとつ記しておきましょう。

呉を滅した杜預《とよ》・王濬《おうしゅん》らの軍が凱旋し、孫晧の身柄も首都洛陽《らくよう》に移送されました。

司馬炎は孫晧を迎え入れます。低姿勢で宮殿にあがり拝伏する孫晧に座を与えた司馬炎は、

「朕はこの座を設けて、そなたが来るのを待っていた」

と言いました。孫晧は、

「わたくしも南方でこのような座を設けて陛下をお待ちしておりましたが……」

と応じました。プライドを保つための、精一杯の負けおしみでしょうか。

司馬炎は勝者の余裕、これに快活な大笑をもって応じました。そして褒賞です。王濬や杜預らに封爵が行なわれましたが、呉の最後の丞相で忠節を貫いて戦死した張悌《ちょうてい》の子孫にも爵が与えられました。

臣於南方、亦設此座待陛下（第百二十回）

臣於南方亦設此座待陛下

沈周海屋添籌錄吾界雨記
書笔卯 荀中澥

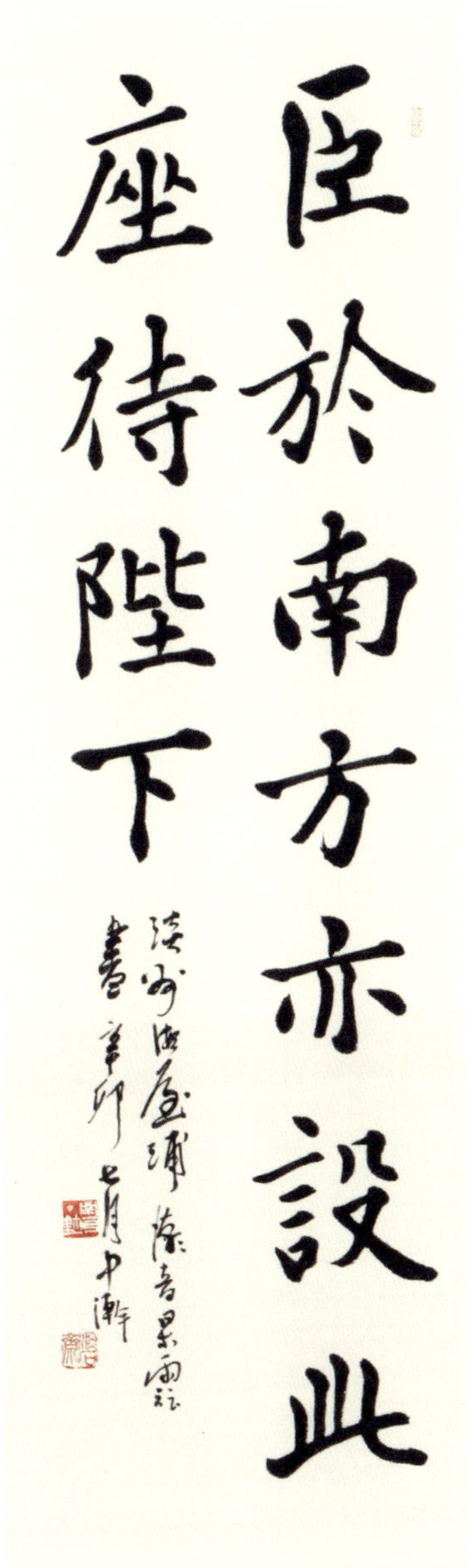

三国志略年表

西暦	後漢・魏	事項
一六一	延熹四	劉備誕生する。
一八四	中平元	張角挙兵して黄巾の乱起る。孫堅、劉備ら討伐に参加。
一八九	中平六	呂布、丁原を殺害して董卓につく。
一九二	初平三	呂布、董卓を殺害。孫堅没、孫策が後を継ぐ。
一九六	建安元	曹操、献帝を手中におさめる。
二〇〇	建安五	関羽、曹操に降る。孫策死し、孫権が後継。官渡の戦いで曹操が袁紹を破る。
二〇二	建安七	袁紹没。
二〇七	建安一二	諸葛孔明、劉備に仕える。
二〇八	建安一三	曹操、丞相となり、荊州を攻める。劉備、諸葛孔明を呉に派遣する。赤壁の戦いで孫権・劉備の連合軍が曹操を破る。
二一〇	建安一五	周瑜没。
二一三	建安一八	曹操、魏公となる。龐統没。
二一五	建安二〇	曹操、漢中を攻略。

二一六　建安二一　曹操、魏王となる。
二一九　建安二四　関羽、孫権に敗れ斬首される。
二二〇　黄初元　曹操病没。曹丕が献帝に譲位させ、帝位につく。
二二一　黄初二　劉備が蜀漢の帝位につく。張飛没。
二二三　黄初四　劉備没、劉禅が後を継ぐ。
二二六　黄初七　魏帝曹丕没、曹叡が帝位を継ぐ。
二二七　太和元　諸葛孔明、「出師の表」をたてまつる。
二二八　太和二　馬謖、街亭の戦いで魏軍に破れ、諸葛孔明に処刑される。
二二九　太和三　孫権が帝位につく。趙雲没。
二三四　青竜二　諸葛孔明、五丈原に没す。
二三九　景初三　魏帝曹叡没、曹芳が即位する。
二四九　嘉平元　司馬懿がクーデターを起こし、魏の実権をにぎる。
二五二　嘉平四　孫権没。
二五三　嘉平五　呉の孫峻、諸葛恪を殺害。
二六三　景元四　劉禅、魏に降伏して蜀滅亡。
二六五　泰始元　司馬炎、魏帝を廃して晋を建国。
二八〇　太康元　呉滅亡、晋が天下統一。

主要人物紹介

袁術《えんじゅつ》（?—一九九）字は公路《こうろ》。兄貴分の袁紹と同じ名門の出身。一時期、皇帝を自称したが、自分しか愛せないわがままな性格のため、孤立して滅びた。

袁紹《えんしょう》（?—二〇二）字は本初《ほんしょ》。代々朝廷の要職をつとめた名門の出身。名門の御曹司らしい風格はあるが、決断力に欠け、優秀な部下たちを使いこなすことができなかった。黄河の北に強大な地盤を誇ったものの、二〇〇年、親友だった曹操との「官渡《かんと》の戦い」に敗れ、失意のうちに病没する。

関羽《かんう》（?—二一九）字は雲長《うんちょう》。解良《かいりょう》の人。信義を重んじ、困っている人をほおっておけない。『春秋《しゅんじゅう》左氏伝《さしでん》』にも通じた教養人。劉備・張飛と義兄弟となり、奮戦するも、最後は魏・呉に攻められ孤立して死す。

魏延《ぎえん》（?—二三四）字は文長《ぶんちょう》。義陽の人。蜀の将として歴史上重きをなし、漢中を守る。北伐の際、長安を急襲する策を主張し、慎重な諸葛孔明の戦略と合わない。孔明の死後、反乱して滅びた。

献帝《けんてい》（一八一—二三四）諱《いみな》は劉協《りゅうきょう》。後漢最後の皇帝。董卓によって立てられ、曹操の手中に置かれ、たえず利用された。曹丕《そうひ》に譲位し、国は滅びた。

黄蓋《こうがい》（?—?）字は公覆《こうふ》。零陵《れいりょう》の人。呉の将。周瑜《しゅうゆ》との連係で「苦肉の計」を成功させ曹操をあざむいて「赤壁の戦い」の勝利に貢献。

蔡瑁《さいぼう》（?—二〇八）荊州《けいしゅう》の臣。水軍をにぎり力を持つが、策略にはまった曹操に、呉への内通を疑われ、処刑された。

司馬懿《しばい》（一七九—二五一）字は仲達《ちゅうたつ》。河内《かだい》の人。忠義にはたらきながら、魏の臣としてのしあがる。諸葛孔明の北伐を迎撃し、決め手をあたえないねばりづよさが光る。孔明の木像を見て、あわてて逃げ出す一幕もあった。孫の司馬炎《しばえん》の天下統一後、晋《しん》の宣帝《せんてい》の号を贈られる。

司馬師《しばし》（二〇八―二五五）字は子元《しげん》。司馬懿の長子。父の死後、魏の国内で権力を掌握するも、あまり寿命にめぐまれず、弟司馬昭に後事を託す。司馬炎の統一後、晋の武帝を贈られた。

司馬昭《しばしょう》（二一一―二六五）字は子上《しじょう》。司馬懿の次子。父・兄のあとを受け、盤石の体勢を築き、事実上、魏を乗っ取ってしまう。子の司馬炎の統一後、晋の文帝を贈られた。

司馬徽《しばき》（？―？）字は徳操《とくそう》。潁川《えいせん》の人。水鏡《すいきょう》先生と呼ばれる隠士。劉備に諸葛孔明と龐統《ほうとう》のことをほのめかす。

周瑜《しゅうゆ》（一七五―二一〇）字は公瑾《こうきん》。盧江《ろごう》の人。呉の司令官。孫策《そんさく》の代から仕え、孫策の妻大喬《だいきょう》の妹小《しょう》喬《きょう》を妻とする。赤壁の戦いでの勝利の立役者の一人だが、諸葛孔明にすべてを読まれ、憤死した。

諸葛瑾《しょかつきん》（一七四―二四一）字は子瑜《しゆ》。呉の孫権の臣。諸葛亮（孔明）の実兄ながら、仕える主人が違う。彼の子の諸葛恪《しょかつかく》は呉の実権をにぎり権力維持のために反対勢力を次々に処刑したが、その反動を受けて殺された。

諸葛亮《しょかつりょう》（一八一―二三四）字の孔明のほうで広く親しまれている。劉備の「三顧の礼」を受けて出馬し、劉備の死後も劉禅に仕えて奮戦する。天才軍師の趣きがあったが、五丈原に病没。漢帝国復興の夢はかなわなかった。

曹仁《そうじん》（一六八―二二三）字は子孝《しこう》。魏の将。曹操の一族の中で、弟分にあたる猛将。赤壁の戦いのあとも南郡《なんぐん》に居残った。

曹洪《そうこう》（？―二三二）字は子廉《しれん》。魏の将。曹操の弟分。曹操を救出し、自分の馬を差し出した話が有名。

曹操《そうそう》（一五五―二二〇）字は孟徳《もうとく》。沛《はい》の人。兵法書『孫子』の注釈ものこした知識人。冷静で時に冷徹。

当時の乱れた世の中で他の英雄たちをリードする存在。積極的に良いことも悪いことも行なうので、『三国志演義』では、悪役の色彩が濃く思われがちであるが、スケールの大きい存在であったことはまちがいない。

孫権《そんけん》（一八二―二五二）字は仲謀《ちゅうぼう》。呉郡の人。父孫《そん》堅《けん》、兄孫策《そんさく》のあとを継ぎ、江南に勢力を張る。劉備と連合して赤壁の戦いで曹操を破ったことで、局面は一変し、曹操による天下統一は頓挫した。世代のちがう部下たちを生かすために苦心する。二二九年、完全に独立して初代・呉国皇帝となった。

孫堅《そんけん》（一五六―一九二）字は文台《ぶんだい》。孫策・孫権の父。『孫子』で知られる兵法家孫武《そんぶ》の子孫。しかし、策略家というより、果断にすぎる武将として、若死にしてしまう。

孫策《そんさく》（一七五―二〇〇）字は伯符《はくふ》。孫堅の長子。孫権の兄。父よりも短い生涯であったが、父のあとを継ぎ、江東《こうとう》の小覇王《しょうはおう》と呼ばれる存在にのしあがった。

趙雲《ちょううん》（?―二二九）字は子竜《しりゅう》。常山《じょうざん》の人。劉備に仕えた忠義で武闘能力もすぐれた将軍。百万の曹操の軍勢に単騎で斬りこみ、阿斗《あと》（劉禅《りゅうぜん》）を救出するという放れ業を演じた。

張飛《ちょうひ》（?―二二一）字は翼徳《よくとく》。劉備・関羽と義兄弟となり、もっぱら武勇の面で活躍した。時の経過とともに熟練し、冷静な戦略家に成長するが、関羽の仇討ちにはやるあまり、部下に寝首を掻かれてしまう。

董卓《とうたく》（?―一九二）字は仲穎《ちゅうえい》。西涼の人。強大な軍事力により、黄巾の乱後の朝廷をわがものとするが、義理の息子にむかえた呂布によって殺された。

馬謖《ばしょく》（一九〇―二二八）字は幼常《ようじょう》。襄陽《じょうよう》の人。才能を高く評価されたが、街亭《がいてい》の戦いで諸葛孔明の指示を無視して山の上に布陣して大敗し、処刑された。

龐統《ほうとう》（一七九―二一三）字は士元《しげん》。襄陽の人。鳳雛《ほうすう》と称され、臥竜《がりょう》（諸葛孔明）とならぶ大才の持ち主。しかし、悲運にも馬を乗りかえたことで劉備と誤認され、戦死した。

劉璋《りゅうしょう》（?―二一九）字は季玉《きぎょく》。益州（蜀）の牧《ぼく》(長官)。漢中の張魯《ちょうろ》やさらにその後方からの曹操の軍事的進攻をおそれ、劉備を呼び寄せるが、結局、劉備との戦争になり、降伏する。

劉禅《りゅうぜん》（二〇七―二七一）字は公嗣《こうし》。劉備の子。蜀漢の後主。幼名は阿斗《あと》。劉備なきあと、四十年にわたって国を守るが、諸葛孔明の死後、しだいに宦官《かんがん》の黄皓《こうこう》ら佞臣にあやつられるようになり、国を滅ぼした。

劉備《りゅうび》（一六一―二二三）字は玄徳《げんとく》。蜀の地で帝位にのぼる（蜀の先主）。漢帝国の血を引く者として、帝国の復興を夢みるが、義兄弟となった関羽・張飛に先立たれてしまう。諸葛孔明に後事を託す。

劉表《りゅうひょう》（?―二〇八）字は景升《けいしょう》。山陽の人。荊州《けいしゅう》の刺《し》史《し》（長官）として中国中央部に勢力を張る。長子の劉琦《りゅうき》ではなく、次子の劉琮《りゅうそう》を推す蔡瑁《さいぼう》らの圧力をどうすることもできず、曹操の進攻を受けたところで病没してしまう。

呂布《りょふ》（?―一九八）字は奉先《ほうせん》。五原《ごげん》の人。抜群の武闘能力を持ちながらも、知略に欠け、裏切りをくりかえす。義理の父子となった董卓《とうたく》を殺したという歴史的意味はあったが、最後は周囲から孤立し、袋叩きになって滅びた。

魯粛《ろしゅく》（一七二―二一七）字は子敬《しけい》。臨淮《りんわい》の人。呉の臣。赤壁の戦いの陰の演出者。周瑜《しゅうゆ》のあと呉軍の司令官となるが、劉備の勢力と妥協的であったため、孫権に中国南部を取らせ、北の曹操との南北対決の構図をねらった天下二分の計は夢におわった。

あとがき

作品は自己の自由な発想から生まれるのが通常です。しかし、この度は「三国志」の名言がテーマであり、それらは戦いの乱世に生きた英雄や武将達の言葉です。

さてどのように取り組めば良いのか正直苦労しました。特に「死」という文字が含まれており、日頃は決して書かない言葉が多いことに少し戸惑いを覚えました。

しかし、その投げかけられたテーマにぶつかって筆を運ぶのも書家であり僧侶である私の宿命と感じ、一気呵成に書き上げた次第です。

又、篆刻家でもある私としては、この作品群の落款印の押印場所、方法なども注意して見て頂きたいところでもあります。

少しでも三国志の時代の武将達の息吹が、私の作品から伝われば嬉しく思います。

南岳杲雲

渡辺　精一（わたなべ・せいいち）

1953年（昭和28年）東京生まれ。

國學院大學大学院文学研究科博士後期課程単位修得。

現在、二松学舎大学講師。朝日カルチャーセンター講師。早稲田大学エクステンションセンター講師。

著書『三国志人物事典』上・中・下（講談社文庫）、『１分間でわかる菜根譚』（三笠書房・知的生きかた文庫）、『素書』（明徳出版社）他多数。

南岳　杲雲（なんがく・こううん）

1962年（昭和37年）9月、兵庫県淡路島で高野山真言宗潮音寺の長男として生まれる。本名は克史（よしふみ）。

高野山大学を卒業の後、書塾を経営。後に母校である兵庫県立津名高等学校で書道の指導に当たり、現在は園田学園女子大学や高野山大学で書道の講師を務めている。

現在、日本篆刻家協会常務理事。読売書法会理事。日本書芸院評議員。NPO法人淡路島活性化推進委員会理事長。

心《こころ》に響《ひび》く三国志《さんごくし》　英雄《えいゆう》の名言《めいげん》

二〇一一年八月二〇日初版印刷
二〇一一年九月　五　日初版発行

著　者　渡辺精一《わたなべせいいち》　南岳杲雲《なんがくこううん》
発行者　渡邊隆男
発行所　株式会社　二玄社
東京都文京区本駒込六―二―一　〒113―0021
電話　〇三（五三九五）〇五一一
Fax　〇三（五三九五）〇五一五
装　丁　今泉正治
印刷所　株式会社東京印書館
製本所　株式会社越後堂製本
ISBN978-4-544-05150-6 C0022